いもうと♥泡天国
河里一伸
illustration ©みついまな
えすかれ
美少女文庫
FRANCE SHOIN

プロローグ
はなの湯の双子妹

新庄修介《しんじようしゆうすけ》は、なぜか家が営む銭湯「はなの湯」の男湯に、一人で浸かっていた。

改修してサウナなどを設けたため、浴槽は昔よりも狭くなっている。それでも、銭湯の風呂なので、大人が一度に十人以上入れる広さはあり、手足をのんびり伸ばしていられる。

「……はて？　父さん、俺が銭湯に入るの、許してくれたっけ？」

修介の父・新庄勝《しんじようまさる》は昔気質《むかしかたぎ》の人間で、たとえ自分の子供であっても、金を払わずに銭湯へ入ることをよしとしなかった。それなのに、なぜ今こうして入浴していられるのか、自分でもよくわからない。

「う〜ん……それに、なんだか妙にお湯が粘ついているような……」

修介が、そんな疑問を抱いていると、

「お兄ぃちゃ〜ん」

「兄さぁん」

と、いきなり両方の耳もとで甘い声がした。

見ると、いつの間にか髪をポニーテールにした美少女と、ツインテールにしている美少女が、修介の左右にピッタリと寄り添っていた。二人とも、私立山蔵学園《やまくらがくえん》高校の夏服を着たままである。

「は、春菜《はるな》!?　夏菜《かな》!?」

さすがに驚いて、修介は素《す》っ頓狂《とんきょう》な声を浴場に響かせた。

少女たちは双子で、ポニーテールで見るからに目つきも穏やかでおしとやかそうなのが姉の新庄春菜、ツインテールでやや吊り目がちなのが妹の新庄夏菜である。二人は、父の再婚相手・新庄秋穂《しんじょうあきほ》の連れ子で、修介より一歳年下の義妹に当たる。

目つきなどに差があるため、双子とはいえ見間違えることはまずないが、顔立ちはさすがに二人ともよく似ている。

しかし、そんな少女たちが、どうして男湯に入っているのだろうか？　また、二人が制服のまま湯船に浸かっているのも妙な話だ。

「お兄ちゃん、あたしたちが体を洗ってあげるねぇ」

と言って、夏菜が身体を腕に押しつけてきた。すると、胸のふくらみが腕で潰れて、なんとも言えない感触がもたらされる。

「兄さん……わ、わたしも……」

恥ずかしそうにしながらも、春菜も身体をギュッと押しつけてくる。春菜は、夏菜と背丈がほぼ同じながらも体型はいささかスレンダーで、胸の感触が妹ほどはっきりとは感じられない。しかし、姉妹に身体を押しつけられていることで、修介は激しい興奮を覚えずにはいられなかった。

ましてや、いつも落ち着いていておしとやかな春菜がこんなことをするとは、どうにも信じられない。

それに、よく見るとお湯で濡れた制服が少女たちの身体に張りついていて、なんとも言えない色っぽさをかもしだしている。

(ううっ。こんなのを見せられたら、チ×ポが勃《た》っちゃうよ)

修介がそんなことを思っていると、いきなり風呂全体が石鹸の泡に包まれた。修介も少女たちも、たちまち泡まみれになってしまう。

「な、なんだ、これ?」

戸惑いと疑問の声をあげる少年に対して、双子のほうはこの変化をまるで気にしている様子がない。

「お兄ちゃん、三人でいーっぱい楽しもうよぉ」

「その……わたしたち、いつまでも一緒ですから」

夏菜と春菜が口々に言って、身体を動かして胸で少年のことを洗いはじめる。

（ふ、二人のオッパイが押しつけられて……）

さすがに、制服とブラジャー越しなので生の感触とはいかないが、それでもなんとも言えない心地よさが少年にもたらされる。

「うあああ……そ、そんなことされたら……」

たちまち股間に血液が集まり、修介の分身が鎌首をもたげはじめた。

すると、夏菜が少年の胸に移動し、ピタッとくっついて笑みを見せた。

「お兄ちゃん、早く起きなよぉ」

唐突な言葉に、修介は「はぁ？」と目を点にする。

だが、それとともに遠くから「お兄ちゃん！」と呼びかける別の声が聞こえてきて、双子の姿も周囲の光景も陽炎《かげろう》のように薄れていった。

「お兄ちゃん、起きなよ！　もうっ、あたしがこれだけしてるのにぃ！」

やや甲高《かんだか》い声で、修介はようやく夢の世界から現実へと引き戻された。

「うう……体が重い……なんなんだよ、いったい？」

修介が、目を開けて胸のほうを見ると、制服姿の夏菜が上にのしかかっていた。

OKITE!

ツインテールの少女は顔をあげ、修介を見てニパッと笑みを浮かべる。

「あっ、お兄ちゃん、やっと目が覚めたね？　おはよっ」

「……えっと……夏菜、なにをやってるのかな？」

「なにって、呼んでもちっとも起きないから、こーしてるんだよっ」

そう言って、夏菜がいちだんと身体を押しつけてきた。すると、薄い布団越しに、ブラジャーに包まれたふくらみの感触が伝わってくる。

(こ、こんなことをされていたから、あんな妙な夢を見たのかも？)

焦りを感じながら、修介はつい今し方の夢のことを思いだしていた。

新庄夏菜は、ちょっと勝ち気そうな顔立ちにふさわしい、実に快活な美少女である。

やや短気でおっちょこちょいなのが玉に瑕《きず》だが、ここ一年でバストサイズがグッと成長し、身体つきは非常に女らしくなっていた。ただ、そのわりにこうして無防備なことをしてくるあたり、精神面の成長がいささか遅れている気がしてならない。

そんな義妹は、上に乗ったままにらむように修介を見つめた。

「もうっ。早く起きないと、学校に遅刻しちゃうよ」

「わ、わかってるけど……上からどいてくれないと、起きられないぞ」

なにより、布団越しに少女の胸が押しつけられているのだ。このままでは、別のところが起きてしまいそうな気がする。

するとなにを思ったか、夏菜は小悪魔のような笑みを浮かべた。

「お兄ちゃん、もしかしてコーフンしてる？」

心を読まれたような気がして、修介の心臓がドキンッと大きな音をたてて跳ねる。

「ば、バカなこと言うなって。誰が妹に興奮するかってーの！」

「ホントに～？　寝てるとき、なんかだらしない顔してたよ～。ほらほら、こうしても平気～？」

そう言いながら、夏菜が身体を揺すってふくらみをグリグリと押しつけてくる。

「ダーッ!!　いい加減にしろ！　本気で怒るぞ！」

さすがに危うさを感じた修介は、そう叫んで布団ごと義妹の身体を持ちあげた。夢のせいもあり、少女のいたずらを受け流す余裕もない。

「わーっ。お兄ちゃんが怒った～」

楽しそうに言いながらも、ようやく夏菜が上からどく。

「お兄ちゃん、やっとちゃんと起きたね？　じゃあ、早く着替えて降りてきなよ。お父さんもお母さんも春菜も、もう待ってるんだから」

と言うと、ツインテールの少女はなにごともなかったかのように、部屋から出ていった。

「まったく、夏菜のヤツ……」

ブツブツと文句を言いながらも、修介は仕方なく着替えをはじめる。

夏菜は、確かに可愛らしくてチャーミングだ。しかし、エッチなことを平然と口走ったり、先ほどのようなことをしてきたりと、どうも恥じらいに欠ける面がある。

「これで、春菜みたいなおしとやかさがあれば、もっと魅力的になる気が……って、なにを言ってるんだ、俺は！」

つい妙なことを考えそうになり、修介は心に浮かびかけた妄想を振り払った。

山蔵学園高校の夏服に着替えると、少年は一階に降りた。それから、洗面所で顔を洗って畳の居間に入ると、すでに両親と夏菜が食卓の前に座っていた。

「おはよう、修介くん」

と、義母の秋穂が笑顔で挨拶をしてくる。

「母さん、おはよう」

そう応じながら、少年が自分の席に座ると、父の勝が呆れたような顔を向けてきた。

「修介、おまえもいい加減に妹に起こされる前に、一人で起きられるようになれ」

「そんなこと、言われても……」

修介が口を開こうとすると、ポニーテールの少女が制服にエプロン姿で料理を持って入ってきた。

「わたしたちは、いいんですよ。兄さんのお世話をするの、大好きですから」

と、春菜は義兄をかばうように笑顔で言う。

「春菜は、ちょっと甘すぎるぞ。だから、修介がいつまで経ってもだらしないままなんじゃないか?」

「大丈夫。春菜もあたしも、ちっとも気にしてないからさっ」

勝の文句に、今度は夏菜がそう言って、胸を張りながら満面の笑みを見せた。

夏菜は、直情的なおてんばで家事を苦手としているのに対して、春菜は生真面目で家事全般が得意など、顔つきや体格以外の部分でも二人は実に対照的だ。

また、夏菜がエッチな言動を平気でするのに、春菜はそういう部分がまったくない。ある意味で、すべてが実に好対照な双子である。

(春菜が、さっきの夢みたいなことをするはずがないよな)

料理を並べるポニーテールの義妹を見ながら、修介はついつい起床前の夢のことを思いだしていた。

(だけど、もしも春菜があんなことをしてきたら、それはそれで興奮しそうな……)

「いや、しかし……毎日みたいに妹たちに起こされて、修介も少しは恥ずかしいと思わないのか? 小さい頃は、おまえが春菜と夏菜の面倒を見ていたのに」

修介が、ついつい不謹慎なことを考えているのをよそに、父がまだ納得していないようにボヤく。

修介の実母は、産後の肥立ちが悪く、出産後一年間の闘病生活の末に命を落としてしまった。以来、少年が小学校にあがるまで、勝が男手一つで育ててくれたのだ。そういう父親から見ると、息子の堕落ぶりがいささか気にかかるらしい。

確かに、父が秋穂との再婚を決めて双子と初めて会った十年前は、修介も「僕はお兄ちゃんになるんだから」と、がんばって二人の面倒を見ていたものである。それがいつしか、義妹たちにすっかり頼りっぱなしの人間になっていた。

なにしろ、朝は毎日のように双子のどちらかが起こしに来てくれるので、ついつい目覚まし時計のセットを疎《おろそ》かにしてしまう。おまけに、それ以外のことも、今は双子がだいたいやってくれる。修介は、そんな生活にすっかり慣れきっていた。

「このまま修介にあとを継がせたら、『はなの湯』がたちまち潰れそうだな」

「そんなことありません。兄さんのフォローは、わたしたちがちゃんとしますから」

「そうだよ。あたしたちががんばれば、お兄ちゃん一人くらい面倒を見られるよ」

父のボヤきに、双子が口を揃えて反論する。

「まったく……こういうときは、二人とも意見が一致するんだな」

と言って、勝は大きなため息をついた。

(俺がどうこうじゃなくても、銭湯はもうヤバイんじゃないか?)

修介は、父の小言にそんなことを思っていた。しかし、さすがにこれは口に出してはいけないことだ、という気がする。

新庄家は、江戸時代からこの町で銭湯「はなの湯」を経営してきた。

今いる住居部と銭湯は棟つづきになっていて、外に出ることなく行き来ができる。新庄家の生活の一部に銭湯がある、と言ってもいいだろう。もちろん、普段の入浴は住居部にある内風呂を使っているのだが。

そんな歴史ある銭湯も、さすがに各家庭に内風呂があるのが当たり前になってから、売りあげはジワジワと落ちていた。加えて、五年ほど前にやや離れた場所にスーパー銭湯ができたこともあり、最近はますますジリ貧の状態がつづいている。

もちろん、「はなの湯」でもボイラーを重油のものに換えたり、番台をフロント式にする、浴場内にサウナを作る、といった改修をしてきた。しかし、それでも売りあげの下降線をとめることはできなかった。

とはいえ、これまでの改修工事のローンを返済し終わるまでは、今以上の大規模なリニューアルもできない。しかも昨今の不況で、銀行は新たな融資に極めて消極的になっている。

おかげで、最近の新庄家は質素な生活をつづけていた。

懸命に働く両親に代わって、春菜が買い物や料理を工夫したりしているおかげで、机に並ぶ料理の質はそれほど落ちているようには見えない。しかし、以前は四品だったおかずが三品になるなど、工夫だけではどうにもならなくなってきたことは、いくら鈍感な少年でも気づいている。

それでも、やや頑固ながらも頼れる父、優しい義母、可愛い双子の義妹に囲まれて、修介は充分に幸せを感じていた。


その日の夜、手が空いていた修介は、父の厳命で銭湯の外の掃除をしていた。

「う〜、風が生暖かい……かったりぃ……」

ボヤきながら、修介はノロノロと掃除をつづける。

梅雨《つゆ》が近いせいか、湿度が高くて風が吹いてもまったく涼しくならなかった。しかも、今日は風がやや強いため、ゴミを掃いてもすぐにどこからともなく飛んできて、なかなか綺麗にならない。

「あれ？　修くん？」

と声をかけられ、顔をあげてみると、修介のすぐ近くに美少女が立っていた。

やや短めの髪の少女は、Tシャツと膝上二十センチほどのプリーツスカートという出で立ちだった。そのバストサイズが、夏菜をはるかにうわまわっているのは、Tシャツ越しでもはっきりわかる。

彼女が入浴セットが入ったトートバッグを抱えていることからも、銭湯を訪れた理由は明白だ。

「よ、よう、沙由里《さゆり》じゃん」

予想外の来訪者に、修介の胸の鼓動が一気に高鳴った。

小牧沙由里《こまきさゆり》は、銭湯から徒歩で五分ほどの住宅に住んでおり、双子の義妹と出会う以前からの幼なじみである。また、今は同じ学校のクラスメイトでもあった。

ただ、沙由里はやや引っこみ思案で、美少女なのにクラスでもあまり目立たない存在である。彼女が注目されるのは、テストの成績上位者として名前が貼りだされるときくらいと言っていいだろう。

そんな内気な少女も、修介となら学校以外の場所では普通に話ができる。

「珍しいね、修くんが掃除をしているなんて」

「いや〜、父さんに『たまには手伝え』って、怒られちゃってさ」

と言って、修介は頭をかいた。正直、沙由里にはあまり見られたくなかった姿だ。

「沙由里は……銭湯に来たんだよな?」

「うん。えっと……わたし、ここのお風呂が好きだから」

そう言って、沙由里がはにかんだような笑みを見せる。

男心をくすぐるような少女の表情に、修介の心臓はますます高鳴ってしまう。

（そういえば、沙由里は銭湯の常連だって、父さんと母さんが言っていたっけ）

修介は、銭湯の手伝いなど滅多にしないのでよく知らないが、両親の話によると沙由里は「はなの湯」を月に数回の割合で利用しているらしい。ジリ貧の銭湯にとっては、ありがたい客と言える。

とはいえ、自宅にも風呂があるのに、どうしてわざわざ銭湯に来るのだろうか？

（まぁ、理由なんて別にどうでもいいんだけど……沙由里の裸かぁ）

今朝方の夢のせいか、つい淫らな妄想が少年の心に湧きあがってくる。

なにしろ、銭湯に入るということは、脱衣所で一糸まとわぬ姿になっているのだ。当然、Tシャツの上からはもちろん、制服を着ていても大きさがわかる巨乳を曝けだすことになる。

それを想像しただけで、修介の股間に血液が集まりだす。

そのとき、急に突風が吹き抜けた。

沙由里が、「きゃっ」と可愛らしい悲鳴をあげた瞬間、スカートが見事にめくれあがる。そして、清楚な白い下着が、少年の目に飛びこんできた。

「えっ？　やんっ！」

少女があわててスカートを押さえようとして、手にしていたバッグを地面に落としてしまった。

「あっ……あわ、あわ……えっと……」

沙由里は顔を真っ赤にして、すっかりパニックを起こしている。

「え、えっと……き、気をつけろよ、沙由里」

一足先に我にかえった修介は、地面に散らばった入浴セットを拾い集め、トートバッグに入れた。そして、沙由里のほうを見ないようにそっぽを向いたまま、「ほ、ほらよ」とバッグを差しだす。

「あ、ありがと……そ、それじゃわたし、お風呂に入ってくるからっ」

沙由里は顔を真っ赤にしたままバッグを受け取り、そそくさと少年から離れた。そして、小走りに銭湯に入っていく。

そんな態度が、なんとも可愛らしくて仕方がない。

「眼福《がんぷく》、眼福……って、なんか最近、沙由里とゆっくり話せていないよなぁ」

ゆるんだ頬を引き締めながら、修介はついついボヤいていた。

せっかくクラスメイトになれたのに、学校でも微妙にすれ違いがあったり、クラスの面々の視線を気にしたりしていて、彼女とはほとんど話せずにいる。

それに、以前は沙由里もよく双子の義妹と遊んでいたが、最近はそういうこともない。また、中学生になった頃から、一緒に登校することも滅多になくなり、近くに住んでいるのになんとなく疎遠になっていた。

先ほどのように二人きりで話をしたのも、ずいぶんと久しぶりな気がする。

（俺、沙由里のこと好きなのに……なんだか、幼なじみから踏みだせないんだよな）

すっかり染みついたグウタラ癖のせいでもないだろうが、修介には好きな相手に告白をする勇気がなかった。まして、沙由里も今はクラスメイトだ。告白などして、友人たちから冷やかされることを想像すると、あまりいい気持ちはしない。

（それに沙由里のほうは、俺のことをどう思っているんだろう？）

もし、彼女が修介をただの幼なじみ程度にしか思っていなかったら、告白で現在の関係すら壊してしまうかもしれない。そんなことを考えると、まだ時期尚早という気もする。

（いつか、告白する日が来るのかな？……そういえば、今朝の夢でも沙由里は出てこなかったんだよなぁ）

本来、ああいう淫夢には好きな相手が出てくるはずだ。しかし、出てきたのはなぜか双子の義妹である。

もちろん、夏菜が上に乗っかっていたから、連想したことなのだと思う。ただ、こういうところでも修介は、幼なじみの少女との距離が遠くなっていることを痛感せずにはいられなかった。

泡天国 その1 銭湯でWロストバージン

1 三人生活

夏休み三日目。いつもより早い時間に、目覚まし時計のアラームがけたたましく鳴って、修介は夢の世界から引きずり戻された。

「う～……眠い」

と、ボヤきながらもどうにか目を開け、目覚まし時計をとめる。

両親は昨日の昼から、結婚して以来、初めての二人きりの旅行に出かけていた。したがって、今日からしばらく、修介と双子の三人だけの生活ということになる。

実は三週間ほど前、父の勝が気まぐれで購入したロト6宝くじが、なんとキャリーオーバー中の一等四億円に当たったのである。おかげで、新庄家は一夜にして貧乏街道から抜けだしたのだった。

とにかく、四億円あれば前回の改装でした借金をまとめて返済しても、まだ充分すぎる余裕がある。

そのため、勝は「はなの湯」の全面リニューアルを決断した。もちろん、江戸時代に建てられた建物を壊すのではなく、内部だけを全面的に作り替えるのだが。

もっとも、昨今の情勢で改装しただけで客が戻ってくるとは思えない。新たな客を呼びこむには、やはり魅力的な風呂を導入しなくてはならないだろう。

前は、浴槽を小さくしてサウナを増築したのだが、客を増やす効果はなかった。では、いったいどういう風呂が客に人気なのか？　それを正確につかむには、自らが実際に流行《はや》っているところを見たり体験したりするべきだ。

そう言って、勝は秋穂をともない、全国にある有名銭湯やスパをめぐる旅に出かけたのだった。

もっとも、これがかなり遅い新婚旅行も兼ねているのも間違いない。なにしろ、夫婦は再婚してから旅行をすることもなく働いており、今回が初めての二人きりの旅なのである。もちろん、再婚前からお互いに子供がいた、という事情もあるが。

勝は、旅行に出ている間の銭湯の運営を、子供たちに委ねていた。そのため、今日から修介も銭湯の営業について、義妹たちと勉強することになっている。

もちろん、財政に余裕があるのだから、ずっと営業しなくても問題はなかった。だが、いずれ銭湯を継ぐ身としては、これを機に仕事をきちんと覚えておいて損はない。

しかし、修介は早起きに慣れていないため、いったん目を開けたものの瞼の重さに耐えられなかった。

(せめて、あと五分……どうせ、俺が起きなかったら、春菜か夏菜が起こしに来てくれるだろうし)

いつものグウタラ癖が頭をもたげてきて、少年はつい瞼を閉じていた。

「……兄さん、兄さん」

どれくらい時間が経ったのか、遠くから春菜の声が聞こえてきた。さらに、体を優しく揺さぶられていることにも気づく。

だが、まだ目を開けようという気にならない。

「もうっ、兄さんったら」

むくれたような少女の声が、修介の耳にも届く。

(う～ん。春菜、怒っているのかな？　けど、やっぱり早起きはつらい……)

そんなことを思っていると、不意に義妹が「あっ」と小さな声をあげた。

「ふふっ。そうだわ。今なら兄さんに……」

という、春菜のほくそ笑んだようなつぶやきが聞こえてくる。

(ん、俺に？　なにをしようとしてるんだ、春菜のヤツ？)

疑問とともに、ようやく修介の頭が覚醒をはじめた。

そして少年が目を開けると、横向きの春菜の顔が文字通り目と鼻の先にあった。ポニーテールの少女は目を閉じ、今にも修介に唇を重ねようとしている。その姿は、まるで人工呼吸でもしようとしているかのようだ。

あと二、三センチも近づければ、唇同士がくっつくだろう。

「……なにやってるんだ、春菜？」

少年が思わず疑問の声をあげると、春菜が驚いたように目を開けた。すると、二人の視線が見事にかち合う。

いったん目をパチクリさせた直後、少女の頬が真っ赤になった。

「に、兄さん!?　起きていたんですか？」

「えっと、起きていたって言うか、起こされたって言うか……」

「あっ……あああああ……あああの、あの、わたし……」

修介が答えにつまっていると、春菜がすっかり混乱した様子で立ちあがろうとした。

「泡を食ったような」という比喩《ひゆ》は、まさに今の彼女のためにある言葉に思える。

しかし、そんな状態だと足もとが疎《おろそ》かになりやすい。身体を起こした春菜が、布団に足を取られて身体のバランスを崩し、「きゃっ」と小さな声をあげる。

「危ない！」

修介はあわてて飛び起きると、どうにか手を伸ばした。が、こちらも体勢が悪く、義妹を支えるどころか自分も一緒になって、もつれるように倒れこんでしまう。

しかし、なにか柔らかいものがクッションになったおかげで、特に痛みも感じなかった。また、顔がほんのりとふくらんだものに埋まっている感触もある。

「ん？　これって……」

疑問に思いながら顔をあげてみると、シャツに隠れた小振りなバストが眼前にあった。どうやら、このなだらかなふくらみに顔を埋めてしまったらしい。

恐るおそる視線をあげると、目を丸くして絶句した春菜の顔が飛びこんできた。

いったいなにが起きたのか、一瞬、頭が真っ白になって考えられない。

「あ……えっと……」

なにか言いわけをしなくては、と思って修介は口を開こうとした。だが、咄嗟のことで適切な言葉が思い浮かばない。

すると、唖然としていた春菜の顔が、熟れたトマトのように真っ赤になった。

「い……いやあぁぁぁぁぁぁぁぁぁぁぁぁぁぁ!!」

絶叫とともに、少年の体が思いきり突き飛ばされる。

手加減なしに吹っ飛ばされて、修介は「どわっ!?」と声をあげながら、畳に思いきり頭を打ちつけてしまった。

せっかく覚醒したというのに、頭を打った痛みでまた気が遠くなっていく。

「に、兄さん？　ああっ、ご、ごめんなさい！　わたし、ビックリして、つい！　しっかりしてください、兄さん！」

あわてた春菜が、少年を抱き起こしてくれる。

和室だからまだよかったが、フローリングの床だったら、おそらくダメージも甚大だっただろう。

「……い、いや、俺のほうこそ……その、ゴメン」

どうにか起きあがって、義妹から離れた修介は頭をさげた。

そもそも、春菜があんなに顔を近づけていたのが原因だったのだが、どうも自分のほうが悪い気がしてしまう。

すると、春菜は頬を赤く染めたまま視線をそらした。

「その……わたしは、別に……あ、あの、朝ご飯の用意はできてますから、早く顔を洗ってきてくださいね」

そう言って、少女はポニーテールを揺らしながら、そそくさと部屋を出ていく。

「まったく、なんなんだよ？」

修介は、義妹の態度に首をひねるしかなかった。

「いったい、なにがしたかったんだ？　もしかして、本当にキスをするつもりだったとか？　ははっ、まさかな。夏菜じゃあるまいし」

と、少年は推理をすぐに否定した。

真面目な春菜に限って、おそらくそんなことはないだろう。

ただ、布団に足を取られてバランスを崩すなど、いつもの少女からは想像がつかない失態だ。その意味では、少し意外なものを見たという気がする。

「それにしても、春菜の身体、けっこう柔らかかったなぁ」

畳にぶつけたところを押さえながら、修介はついつい義妹の身体の感触を思いだしていた。胸の感触では夏菜に劣るが、全体の肉づきでは充分に女性らしさが感じられた。もしも、思いきり抱きしめたら……。

そんなことを思っていると、自然と股間のモノの体積が増してきてしまう。

「……はっ。俺、なにを考えているんだ？　血がつながってないって言っても、春菜は妹なんだぞ！」

我にかえった修介は、あわてて少女の肉体の感触を頭から振り払った。

しかし、当分はオナニーをするときに、あの柔らかさを脳裏に思い浮かべることになるかもしれない。

「う～、イカン、イカン。シャワーでも浴びて、頭をスッキリさせよう」

そうつぶやくと、修介はパジャマ姿のまま着替えを持って一階におり、洗面所に向かった。

だが、洗面所のドアを開けた瞬間、少年はその場で立ちつくしてしまった。

目の前には、髪をおろしバスタオルを身体に巻いた格好で、鏡に向かって髪をとかしている夏菜の姿があったのである。髪が濡れていることから考えて、風呂上がりなのは間違いない。

まさか、朝っぱらから義妹の片方がシャワーを浴びていたとは、まったく考えもしなかった。おそらく、寝汗を洗い流すのとともに、修介と同様に身体を目覚めさせようとしていたのだろう。

予想外の遭遇に驚きもあったが、少年はつい夏菜の身体に見入っていた。

（夏菜って、やっぱり春菜よりオッパイが大きいんだな）

こうして目の当たりにすると、あらためてそんな思いが脳裏をよぎった。

バスタオルに隠れているが、夏菜の胸はしっかりとふくらんでいる。この胸を無防備に押しつけられたことがあると思うと、それだけで鼻血が出そうな興奮を覚えてしまう。

また、普段の夏菜は髪をずっとツインテールにしていた。髪をおろしている姿を滅多に目にすることがないぶん、いつもとは違った魅力も感じられる。

一方の夏菜は、驚きのあまり目を大きく見開いて硬直し、少年のことを呆然と見つめていた。

「……あ～……その……なんだ……」

頬をポリポリとかきながら、修介は言いわけをしようと口を開く。

すると、ただでさえ吊り目がちな夏菜の目が、いきなり大きく吊りあがった。そして、その顔全面が見るみる真紅に染まっていく。

「お……お、お、お、お兄ちゃんの、エッチィィィィィィィ!!」

甲高《かんだか》い叫び声をあげるなり、夏菜が手当たり次第に洗面所のモノを投げつけてきた。

「おわっ！　あ、危ね！　お、落ち着け、夏菜！」

「うるさい、うるさい、うるさーい！　このエッチ！　スケベ！　覗き魔～！」

顔を真っ赤にして、夏菜はなおも攻撃の手をゆるめようとしない。

修介は、ほうほうの体でその場を逃げだすしかなかった。

（なんなんだよ、夏菜のヤツ？　いつもは、エッチなこととか平気で口にしたりするのに、あんなことで怒るなんて）

今の夏菜は、まるで純情な少女のようで、いつもの言動とのギャップが大きすぎる。

やはり、ハプニングだと気持ちが違うのだろうか？

（それにしても、いきなりこんなトラブルばっかりで、本当に大丈夫なのかな？）

修介は、義妹たちとのこれからの生活に、大きな不安を抱かずにはいられなかった。

2 幼なじみ

「ま、とりあえずこれでいいかな?」

蝉《せみ》がうるさく鳴くなか、銭湯の出入り口に「都合によりしばらく休業します」という貼り紙をすると、修介は大きなため息をついた。

両親から銭湯のことを任されたものの、さすがにいきなり兄妹だけで運営するのは無理がある。今までも、たまに仕事の手伝いをしていたが、あくまで両親の補佐程度のことだったため、本格的なノウハウを覚えているわけではない。

また、両親から簡単なレクチャーは受けたものの、習うのと実際にやるのとでは勝手が違うことも多々ある。しばらくは営業を休んで、ボイラーの管理や各種業務などを滞りなくできるように特訓をしないと、パニックを起こしてしまうのは自明の理だ。

もっとも、こうしたことを考えたのはほとんど春菜で、修介と夏菜はただ従っているだけなのだが。

空を見あげると、梅雨明け後の日差しが眩しかった。こんなに暑い夏の日に、わざわざ銭湯に来て風呂に入ろうと考える人間は、あまりいないだろう。

「はぁ。父さんと母さん、今頃どこにいるんだか……」

修介は、旅行中の両親に思いをはせた。

父はもちろん、義母も再婚して以来、家事と仕事に追われて休みなく働いていた。ひとまず、春菜が家事を引き受けるようになってから、負担はかなり減ったらしい。それでも経理などの雑務で、秋穂は日々、忙しそうにしていた。

そんな姿を見ていただけに、たまにはのんびりしてもらうのも悪くはない、という気が今さらながらしてくる。

おそらく、今頃は両親も初めての夫婦二人きりの旅を堪能しているはずだ。

(帰ってきたとき、兄弟が増えちゃっていたりしてな。あはは……)

修介が、そんなことを思っていると、

「あれ、修くん?」

不意に声をかけられて、少年は我にかえった。

見ると、買い物袋をぶらさげた沙由里がやってきたところである。幼なじみの少女は、上はブラウスにサマーカーディガンを羽織り、下はミニスカート姿だ。

沙由里の姿を見た途端に、修介の心臓が自然に高鳴る。

「さ、沙由里。これから買い物か?」

「うん、今日もお母さんの帰りが遅いから」

そう言って、幼なじみの少女がはにかんだような笑顔を見せる。

沙由里の家も共稼ぎで、両親とも帰りが遅くなることが多いらしい。そのため、中学時代から彼女が食事や掃除などを一手に引き受けている、と修介も聞いたことがあった。

「ねえ、銭湯どうしたの？　おじさんかおばさんに、なにかあったの？」

と、沙由里が心配そうな顔をして聞いてくる。

「いや、違うんだ。実は……」

修介は、彼女に事情を説明することにした。

宝くじ当選のことは、あまり人に話すべきではないと注意されていた。だが、相手が勝手知ったる幼なじみなら、問題はないだろう。まして、沙由里は口が堅いので、このことを言いふらす心配もない。

「……というわけで、俺たちが銭湯の運営の手順とかを覚えるまで、休むことにしたんだよ」

修介が事情を話し終えると、幼なじみの少女はなぜか不安げな顔をして口を開いた。

「そうなの……えっと、三人で銭湯をするの？」

「ああ。それがどうした？」

「な、なんでもないの。気にしないで。あ、あの、三人だけだと大変そうだし、わたしもなにか手伝いましょうか？」

妙にあわてた素振りで、珍しく沙由里が自分から申し出る。

確かに、彼女は「はなの湯」の常連なので、修介の両親の仕事もよく見ているはずだ。その気になれば、手伝いも充分に可能なのかもしれない。

「い、いいよ。どうせ、お客さんも少ないんだし、三人でなんとかやれるさ」

申し出はありがたかったが、最近の客数を考えたら沙由里の手を借りる必要性までは感じない。

「そ、そう……あっ、それじゃあ、そろそろ行くね」

沙由里は、残念そうな顔をしながら、そそくさとその場を去っていく。

(う〜ん……沙由里、そんなに銭湯の仕事をしたかったのかな?)

幼なじみの態度に釈然としないものを感じながら、修介は首をかしげていた。

3 ハプニング

案の定と言うべきか、両親の指示に従っているのと自分たちで自発的にするのとでは、仕事の勝手は大きく違った。とにかく、なにをどういう手順ですればいいか、頭では理解しているつもりでも、実際にやってみるとなぜか混乱してしまうのである。

今は、白地のプリントTシャツにジーンズ姿の夏菜が、フロントに入って手順を確認している。

「あれぇ？　春菜、お釣りってどこにあるんだっけ？」

「もう、夏菜ったら。カウンターの右手のところに、小さな箱があるでしょう？　そこに小銭が入っているの」

「おーい、春菜。お客が使い終わったタオルなんかは、集めて裏に置いておけばいいんだっけ？」

「そうですけど、わたしたちだと畳むのに時間がかかりますから……やり方を、少し考えたほうがいいかもしれませんね」

　ワンピース姿の春菜は、さすがにクラス委員を務めているだけあって、妹や修介の質問にテキパキと答えてくれる。

（春菜がいてくれて、ホントに助かるなぁ）

　修介は、しみじみとそんなことを思っていた。夏菜と二人だけだったら、銭湯を再開するどころではなかっただろう。

　そうして三人は、各種の作業手順や役割分担などを確認していった。

「とりあえず、接客のシミュレーションをしてみましょうか？　わたしがお客さんの役をするから、夏菜はフロントをお願いね。兄さんは、わたしたちの動きをチェックしていてください」

　春菜がそう言って、出入り口に向かう。

「それじゃあ、ちょうどお客さんが入ってきたって設定で。夏菜、やってみて」

「うん。いらっしゃいませ、『はなの湯』へようこそ！」

双子の妹の元気なかけ声に、春菜が満足げにうなずきながら、フロントに近づいてきた。

「大人一人、手ぶらBセットで」

「はーい。えっと、手ぶらBセットって……あっ、あれ？　五百五十円だっけ？」

「もう、夏菜ったら。金額は合ってるけど、そんな答え方じゃあ接客なんてできないわよ。それじゃあ、Bセットを用意してみて」

「えっ？　うん。ええっと、Bセットは確か、タオルと石鹸と、それにシャンプーとリンスに……」

夏菜が、あわてふためきながらセットの用意をするのを見ながら、修介も自分が銭湯のことをなにも覚えていないことを、しみじみと痛感していた。

(今まで、父さんや母さんに言われたことだけやってたからなぁ。俺なんて、夏菜よりダメダメになりそうだよ)

そうして、手順を何度か確認してから、春菜はセットを受け取って女湯の脱衣所に入っていった。

「ふう。お兄ちゃん、フロントってけっこう大変だよぉ」

夏菜が大きなため息をつき、修介のほうを見て言う。

「うん。見ていても、そう思ったよ。そうだ。しばらくは、セットの値段とか用意するものとか書いたカンペーみたいなの、フロントに貼っておこうか?」

「あっ、それいいねっ。慣れるまでは、そういうのあったほうがいいかも」

と、ツインテールの少女も同意してくれる。

「よし、じゃあ春菜に聞いてみよう。おーい、春菜ぁ」

思いついたアイデアを話そうと、修介は声をかけて女湯の脱衣所の引き戸を開けてなかに入った。

しかし、そこで少年は目を点にして立ちつくしてしまった。なんと、春菜はワンピースを脱いで下着姿になっていたのである。

シンプルな白いソフトブラに、白と水色のストライプのショーツが、白い肌にマッチしている。バストサイズは小さいながらも、こうして身体のラインを目にすると、発展途上の肉体から色気がかもしだされているのが感じられた。

春菜は、突然の事態に言葉を失って目を点にしていた。

「……あ……あわわわわわっ!　ご、ゴメン!」

どうにか我にかえった修介は、急いで脱衣所を飛びだして戸を閉める。

まるで、何百メートルも全力疾走をした直後のように動悸がして、苦しいくらいに息があがっている。

「お兄ちゃん、どうしたの?」

夏菜が首をかしげ、フロントから声をかけてくる。だが、今はその質問に答える余裕もない。

「……きゃあああああっ! に、兄さん、どうしていきなり入ってくるんですか!?」

ややあって、脱衣所から春菜のけたたましい声が聞こえてきた。どうやら、彼女もようやく放心状態から脱したらしい。

「は、春菜に相談したいことが……って、それよりなんで服を脱いでいたんだよ?」

「え? あ、わたしお客さんの立場から改善できることがないかと思って、実際にやってみようと思ったから……」

「だったら、先に言ってくれ! まったくもう、まさか脱いでいるなんて思わなかったんだよ!」

修介は、つい逆ギレして文句を言っていた。

実際、接客シミュレーションの最中に、本当に服を脱いでいるなどと誰が予想できるだろうか。その意味では、義妹のほうが不用意だったと言える。

「お〜に〜い〜ちゃ〜ん、春菜の裸を見たの〜?」

と、フロントから不気味な声が聞こえてきた。

見ると、ただでさえ吊り目がちの少女の目がさらに吊りあがり、怒りをあらわにしていた。いや、殺気すら感じられる気がする。

「み、見たのは下着だ！　裸じゃないっ！」

「ふ～ん。だけど、見たんだぁ？」

ことさら声を低くして、夏菜がボキボキと指を鳴らす。これは、ただではすみそうにない気配だ。

今にも、夏菜がフロントから飛びかかろうという体勢を取ったとき、服を着た春菜が脱衣所から出てきた。

「ああっ！　夏菜、いいのよ。兄さんだって、わざとやったんじゃないんだから、わたしも気にしてないわ」

「まぁ、春菜がそう言うんだったら……」

姉にとめられて、今にも少年に飛びかからんばかりだった夏菜も、大きなため息をついてファイティングポーズを解く。さすがに、半裸を見られた本人にとめられては、夏菜も怒りの矛先を収めざるを得ないようだ。

直情的な双子の妹に対し、姉の春菜はいつも抑え役にまわっていた。春菜が年齢より落ち着いて見えるのは、そうした自分の役割をしっかり理解していることも大きいのだろう。

（だけど、モロに下着姿を見ちゃって……おまけに、今朝はあのオッパイに顔を埋めちゃったし……）

二つの出来事を頭のなかで合成すれば、オナニーのネタとして充分に使えそうだ。

修介の邪な思考に気づいた様子もなく、春菜が気持ちを切り替えようとするかのようにポンと手を叩いた。

「さ、さあ、それじゃあ今度は、浴場のお掃除をしてみましょう。掃除は、毎日しないといけませんからね」

春菜の提案を受けて、修介たちはまず男湯の床を磨くことにした。

金属製のバケツにお湯を溜めて、デッキブラシで床のタイルを磨いていく。

浴場の床掃除は、両親の手伝いで何度か経験していた。だが、子供たちだけで掃除をするのは意外と重労働である。

（父さんと母さん、普段はこんな大変なことを二人だけでやっているんだなぁ）

おそらく、二人とも手早く洗うコツをつかんでいるのだろう。コツさえわかれば、自分たちも効率よく掃除ができるようになるはずだ。それでも、男女双方の浴場をほぼ夫婦だけで掃除しているのだから、つくづく頭がさがる。

（銭湯がリニューアルしたら、ちゃんと手伝ってあげたほうがいいかもな）

こうして仕事を経験してみると、自分がグウタラしていられたのは、双子はもちろん両親の働きのおかげだったことを、しみじみと痛感する。

そのとき、いきなり後ろで「きゃあっ！」と悲鳴して、派手に人が転ぶ音がした。

振り向くと、ずぶ濡れになった夏菜が尻餅をついていた。バケツがひっくりかえっているところを見ると、どうやら足を滑らせて転倒した弾みで水を頭からかぶってしまったらしい。

「もうっ！　なんでこうなるのよぉ！」

と、ツインテールの少女が誰にともなく文句を言う。

春菜が落ち着いていて、やることにほぼそつがないのに対し、夏菜はいささかそそっかしくて、しばしばこういったミスをする。

「あはは……まったく、なにをやって……」

修介は苦笑しながら義妹に近づいたものの、言葉をつづけられなくなってしまった。

濡れた白いTシャツが、少女の肌にピッタリとくっついて、意外なくらい大人びた身体のラインを浮かびあがらせている。さらにシャツが透けて、淡いピンク色のブラジャーもうっすらと見えていた。

チラリズムとでも言うのか、まともに下着姿を見るよりも、これは扇情的に思えてならない。

見てはいけないと思いつつ、ついつい視線が透けた胸元に釘づけになってしまう。

「どうしたの、お兄ちゃん？」

少年が言葉を失っていると、夏菜が怪訝そうに声をかけてきた。それから少年の視線に気づいて、自分の身体を見る。

途端に、少女の顔が真っ赤になった。

「い……いやあぁぁぁぁぁ!!　お兄ちゃん、こっち見ないでよ、エッチぃぃぃぃ！」

と叫ぶなり、夏菜の手が傍らに転がっていたバケツに伸びた。そして、サイドスローで少年に向かって投げつける。

修介が覚えているのは、義妹の姿を隠すように金属製のバケツの底が眼前に迫ってきたところまでだった。

4　一緒にお風呂

「う〜……ひどい目にあった」

夜、修介は銭湯の男湯の湯船に浸かりながら、後頭部と鼻の頭を何度もさすった。

昼間、夏菜に投げつけられたバケツは、少年の顔面にクリーンヒットした。その弾みで頭を床に打ちつけ、短時間だったが目をまわしてしまったのである。

幸い怪我はしなかったものの、あれから何時間か経つのに、まだ後頭部と鼻がヒリヒリしている。

「……しかし、こうやって風呂で手足を伸ばすのも、けっこういいもんだなぁ」

久しぶりに大きな湯船に浸かって、修介はそんな言葉をもらしていた。

昔気質で厳しい父がいたら、こんなことはさせてもらえなかっただろう。しかし、今日はボイラーの操作確認のため男湯にお湯を張ったので、せっかくだし勿体ないからと、こうして入浴している次第だ。

（それにしても、今日はなんだか朝からいろいろあったなぁ）

起床時に、半分寝ぼけて春菜を押し倒したことからはじまって、双子の義妹たちの半裸姿を一日の間に何度も目撃することになるとは。まったくもって、両親がいるときには考えられないトラブルの連続だった。

ただ、それらの出来事を思いだすだけで、股間のモノに血液が自然に集まってきてしまいそうになる。

（そういえば、前に見た夢では、銭湯に春菜と夏菜が制服で入ってきて……）

銭湯の湯船に浸かっているせいか、数週間前に見た夢のことが、ついつい少年の脳裏に甦った。

半裸姿を目にした今、もしも同じような夢を見たら、今度はちゃんと裸の少女たちが出てくるかもしれない。

「……って、なにを考えているんだ、俺は？　血のつながりがないって言っても、春菜も夏菜も妹なんだぞ！」

修介は、妄想をあわてて振り払った。

両親がいるときは、特別に意識しないですんでいたが、子供たちだけになるとどうも勝手が違う。

それに、双子の義妹はいずれも魅力的に成長していた。真面目で学業優秀だが家庭的で優しい春菜、そしていつも明るく元気な姐御肌で、スタイルのいい夏菜。お互いに異なる魅力があり、甲乙はつけがたい。

もちろん、これは兄の贔屓目《ひいきめ》というだけではない。なにしろ、まだ一年生だというのに、学校では双子の熱狂的なファンが存在し、一部は親衛隊まで結成しているのだ。

修介など、曲がりなりにも彼女たちの兄という立場なのに、こうした面々から「二人と一緒に暮らしている」と、いつも嫉妬の視線を向けられていた。もっとも、双子と血縁がないことは知られているので、やむを得ないのかもしれないが。

今日のトラブルを、万が一にも親衛隊の面々に知られたら、いったいどんな目にあわされるやら、考えるのも恐ろしい。

修介は悪寒で体を震わせると、湯船のなかで思いきり手足を伸ばして「はぁ～」と大きなため息をついた。

こうしていると、後頭部や鼻の痛み、それにイヤなことも忘れて、心身がリラックスしていく気がした。こういう効果は、大きな浴槽だからこそ得られるものなのかもしれない。

これは、狭い内風呂では味わえない感覚だろう。もしかすると、沙由里もこういう感覚が好きで銭湯にわざわざ来ているのだろうか?

「……っと、俺はリラックスするために、風呂に入っているんじゃないんだっけ」

大きな風呂の心地よさに、ついつい浸っていた少年は、独りごちながら湯船からあがった。そして、タオルを手にしてカランに向かい、椅子に腰かける。

そのとき、ガラガラと出入り口の引き戸が開けられた。

修介は、反射的に出入り口へと目を向ける。

「……なっ……なっ、なっなっなっ……」

次の瞬間、修介は驚きのあまり目を丸くして言葉を失い、ただただ口をパクパクさせるしかなくなった。

休業中なのだから、男湯に入ってきたのが春菜か夏菜、あるいはその両方だということは、容易に想像がつく。

実際、入ってきたのは、手にボディスポンジを持った春菜と夏菜だった。それだけでもとんでもないことなのだが、修介が驚いたのは双子の格好だ。

なんと二人とも、身体にバスタオルを一枚巻いただけの、あられもない姿だったのである。大きめのバスタオルとはいえ、胸から腰まわりまでを隠すのがせいぜいで、太腿など付け根近くまであらわになっている。少しめくりあげれば、股間が丸見えになりそうな危うさだ。

その格好はもちろん、彼女たちが少し恥ずかしそうにモジモジしつつ、頬をほのかに赤らめているのが、なんとも扇情的に見える。

双子の姿を見ているだけで、収まりかけていた興奮が体の奥底から甦ってきた。

「……なっ……なに考えてるんだよ、二人とも!?」

我にかえった修介は、そう叫ぶとあわてて正面を向き、双子に背を向けて目をつぶった。

まさか彼女たちが、現実に男湯へ入ってくるとは思いもしないことである。しかも、前に見た夢よりも過激な、バスタオル姿なのだ。これ以上、二人の義妹を直視していたら、本気で勃起を我慢できなくなってしまいそうだ。

「だってぇ、男湯しかお風呂を沸かしてないじゃないですか？　せっかくだから、わたしたちも入っちゃったほうが無駄がなくていいかな、って思ったんです」

と、春菜がしれっとして口を開いた。その考え方自体は、しっかり者の少女らしいと言えるかもしれない。財政に余裕ができても、節約志向は変わらないようだ。

「だ、だけど、それなら俺が出てからでも……」

「……そ、それにさ。昔は、三人でお風呂に入っていたでしょ？　どうせなら、久しぶりにお兄ちゃんとお風呂に入りたいなぁ、って……」

夏菜も、姉につづいて恥ずかしそうに言う。

「一緒に入っていたのなんて、小学校の低学年までだろうが！」

そう反論しながら、修介は胸の高鳴りを抑えられずにいた。

目をつぶっているため、双子の行動は見えない。だが、床のタイルにペタペタと響く足音で、二人が背後に近づいてきているのはわかる。

「昔は、よく兄さんに背中を流してもらったり、髪を洗ってもらったりしましたよね？　今日は、わたしたちが兄さんの背中を流してあげますね」

「い、いいよ、そんなことしなくても」

修介が、どうにか断ろうとすると、

「す、するったらするの！　あたしだって、春菜には負けたくないもん！」

やや逡巡するような感じで、夏菜が叫んだ。いつも、エッチな言動を平然とする少女にしては、ずいぶんと初々しい感じがする。

「二人とも、いきなりどうしたんだよ？」

さすがに焦りを覚えながら、修介は双子に問いかけた。これが現実だとは、いまだに信じがたい。

「わたし、前から一度、こういうことをしてみたかったんです。だけど、お父さんとお母さんがいたら、さすがにこんなことできないじゃないですかぁ」

と、春菜があっさり答えた。

「春菜がするんなら、あたしだってするもん！」

夏菜も、あからさまに対抗心を見せて言う。

どうやら、前々からこういうシチュエーションを狙っていた春菜に対し、夏菜は姉に対抗してやっているだけらしい。いつもは、妹のほうが突っ走って春菜が抑え役にまわるのだが、今回は役割が逆転しているようだ。

（……し、仕方がない。ここは、二人のしたいようにさせるしかないか）

なにしろ、一対二では逃げようもないし、目を開ければ双子の艶姿《あですがた》を直視することになる。この危うい状況を一刻も早く終わらせるには、素直に背中を洗ってもらうのが最善だろう。

「……じゃあ、頼むよ」

そう言って、修介は目をつぶったままタオルで股間をあらためて隠した。こうでもしないと、二人に勃起しかけたモノを見られてしまう。

「はいっ！　一生懸命、洗いますね」

嬉しそうな春菜の声がして、少年が座っている場所の隣のカランから、洗面器にお湯を溜める音が聞こえてきた。

「……ああっ、抜け駆け！　あたしだって！」

やや遅れて夏菜のあわてたような声がして、反対側から同じ洗面器にお湯を溜める音がしはじめる。

すぐに音がとまり、今度は二人がスポンジにボディソープをつけ、泡立てる音が聞こえてきた。

そのまま、スポンジでこすってくるかと思いきや。

「本来、石鹸って泡で洗うものなんですよねぇ」

そんな春菜の声がするなり、泡まみれの手が背中に触れた。

まさか、じかに触ってくるとは思っていなかったため、修介の心臓がドキンと大きな音をたてて跳ねる。

少年の戸惑いを知ってか知らずか、春菜が優しくさするような手つきで背中を洗いはじめた。

「兄さん、気持ちいいですか？」

「う、うん……」

義妹の問いに、かろうじてうなずいたものの、ついうわずった声になってしまう。

「はぁ～。兄さんの背中、やっぱり大きいですねぇ。本当に、男の人って感じ……」

手を動かしながら、春菜が見惚れたような声をもらす。

（こ、これ、本当に春菜なのか？）

いつもは真面目でおしとやかな義妹の、意外なくらい大胆な行動に、修介は戸惑いを隠せなかった。夢ですら春菜は控えめだったのに、現実でこれほど積極的に三助をしてくるとは、まさに予想外という他はない。

それに、女の子の手で背中をさすられているという事実を前に、自然に胸が高鳴って血液が股間の一点へと集まってしまう。

（お、落ち着け～！　春菜は妹、春菜は妹……）

頭のなかでそんなことを考えながら、どうにか昂《たかぶ》りを鎮めようと試みる。

「はっ、春菜ぁ！　ズルイよ、そんなこと！」

啞然として姉の行動を見ていた夏菜が、不意に声を張りあげた。

「なにがズルイの？　わたしは、兄さんの背中を洗っているだけでしょう？」

「だ、だけど手でなんて……」

そこで夏菜は、言いよどんでしまう。

朝のこともそうだったが、いつもは平然ときわどい言動を見せる少女が、これほどウブな態度を取るのも、修介には予想外だった。

（なんだか、二人の心が入れ替わったみたいで……女の子って、ホントわからないもんだなぁ）

などと思っていると、

「……ああっ、もう！　あたしだって、それくらいできるもん！」

という夏菜の声とともに、新たにスポンジを泡立てる音がしはじめた。

そして、泡にまみれた別の手が少年の背中に触れ、おずおずとした手つきでこすりはじめる。春菜の手は背中に置かれたままなので、これが夏菜の手なのは明らかだ。

「んしょ、んしょ……」

声をもらしながら、夏菜が少年の背をさする。その控えめな手つきが、思いがけない快感をもたらし、修介は思わず声をもらしそうになって体を強《こわ》ばらせた。

「あっ、兄さんが……むうっ、わたしだって負けないんだから」

どうやら対抗心を燃やしたらしく、春菜も優しい手つきで再び背中をこすりだす。

「春菜、手をどけてよ！　あたしが洗えないじゃん」

「夏菜のほうが、あとから割りこんできたんじゃないの！」

などと、二人はケンカをしながら、競い合って手を動かしつづけた。

（ううっ。は、早く終わって……このままじゃあ、本気で我慢できなくなっちまうよ！　だけど、二人ともいったいどんな顔をして、俺の背中を洗っているんだ？）

勃起の危機を感じながらも、修介はそんな好奇心を抑えられなくなっていた。見てはいけないと思うほど見たい衝動が強くなるのは、人の悲しい性《さが》かもしれない。

ついに我慢できなくなって、うっすら目を開けて正面の鏡を見る。

すると、双子がお互いに牽制するようににらみ合いながら、少年の背中を洗っている姿が目に入った。

(うわっ。ちょっと怖いぞ……だけど、二人ともあんな格好で……)

なにしろ、バスタオル姿でしゃがんでいるので、足の付け根まで丸見えだ。微妙に斜めを向いているため、タオルの奥は見えないものの、角度を変えれば股間が丸見えになるのは間違いない。

しかも、二人とも甲乙つけがたい美少女だ。そんな二人に三助をしてもらっていることを意識すると、自然に昂りが増してしまう。

(はっ。し、しまった!)

と、あわてて目を閉じたものの、時すでに遅し。

少年の股間には、自分では抑えきれない勢いで血液が流れこんでいた。そのため、一物の体積が勝手に増してタオルを押しあげてしまう。

その変化に、いち早く気づいたのは、やはり春菜のほうだった。

「あっ……兄さん、もしかして興奮してます?」

背中を洗う手をとめ、ポニーテールの少女が聞いてきた。その口調には、どこか悦びに似たものが含まれている。

だが、修介はこの問いに答えられず、沈黙を守るしかなかった。頬が熱くなっているので、おそらく顔が真っ赤になっていることだろう。

（お、落ち着け〜！　義理でも春菜は妹！　夏菜も妹！　妹なんだから、興奮なんてしない、しな〜い！）

心のなかで呪文のようにそう唱えて、なんとか気持ちを静めようとする。

「えっ？　ちょっ……は、春菜⁉」

いきなり、夏菜が素《す》っ頓狂《とんきょう》な声をあげた。

いったいなにごとか、と修介が思った次の瞬間、少年の背中の半分を包むように、なにかがピッタリとくっついてきた。

それは柔らかくて温かさがあり、一部分にはほのかなふくらみの気配が感じられる。

（こ、これってまさか……）

うっすら目を開けて鏡を見ると、案の定、バスタオルをはだけて全裸になった春菜が、少年に身体を押しつけていた。

「兄さん、身体で洗ってあげますね。ふふっ、男の人って、こういうのが好きなんですよねぇ？　んしょ、んしょ……」

と、妖しい笑みを浮かべた少女が、身体を動かしはじめた。彼女は、自分自身にも石鹸を塗りたくっていたらしく、少年の背中はたちまち新しい泡にまみれていく。

「うっ……うはっ……」

あまりの心地よさに、修介は思わず声をもらしていた。

身体を使われると、手で洗われるのとは感覚がまるで違う。とにかく、体型はややスレンダーながら体温がじかに伝わってくるし、また乳首のややコリッとした感触も、いい刺激になって快感をもたらしてくれる。

なにより、真面目でおとなしいはずの春菜が、ここまで積極的にエッチな行為をしてくる、ということが最大の興奮材料だった。

前に見た淫夢をもうわまわる予想外の出来事に、修介は翻弄されるしかなかった。

「……あ、あたしもする！　春菜には負けないもん！」

呆気に取られていた夏菜が、いきなり叫んでバスタオルを勢いよくはだけ、裸を曝けだす。そして、自分の身体に石鹸を塗りたくると、修介に肌を密着させてきた。

「えっと、こうやって……よいしょっ。んっ、んっ……」

夏菜が身体をこすりつけて、おずおずと少年の背中を洗いはじめる。

彼女の場合、出るべきところが出ているため、身体を動かすたびに乳房がいい具合にこすれて、春菜の身体とはまた違った快感をもたらしてくれた。

いかにも未成熟で、青い果実といった雰囲気の春菜のバスト、それなりに熟してい
い案配の弾力と柔らかさを兼ね備えた夏菜の乳房。どちらにも異なる魅力があった。
その二つの感触を同時に味わわされると、鼻血を噴きだしてしまいそうなほどの興奮
を覚えてしまう。
なにより、二人の義妹が身体を使って背中を洗っているという事実に、修介はもは
や昂りを抑えることすら忘れていた。
ましてや、体型はスレンダーだが積極的な春菜と、動き自体は控えめだがふくよか
な乳房を持つ夏菜という、対照的な感覚が同時に背中からもたらされているのだ。こ
れで興奮しない男がいたら、それこそどこかに異常があるとしか言いようがない。
「んしょ、んしょ……兄さん、こっちも……」
と、春菜が手を前にまわしてきた。そして、泡まみれの手で少年の胸を撫でまわす。
妖しい手つきの意外な心地よさに、修介は「ふあっ」と声をもらしてしまった。
(は、春菜、なんてエッチなんだ!)
いつもは真面目な義妹の、意外な一面を目の当たりにして、修介はもう我慢の限界
に達しそうになっていた。
いつの間にか、一物は限界まで勃起してタオルを思いきり押しあげ、見事なテント
を形成している。

「ふふっ。兄さん、気持ちい……あら？」

と、春菜が言葉を切った。

あらためて鏡を見ると、ポニーテールの少女は修介に抱きついたままテントを張った股間を見つめ、淫蕩《いんとう》な笑みを浮かべている。

「兄さん、とっても興奮しているんですね。うふふ……」

そう言うなり、春菜が少年の股間に手を伸ばした。そして、修介がとめるより早くタオルを素早くはぎ取ってしまう。

「うわぁ。これが、兄さんのオチン×ン……」

「ええっ!?　きゃっ！　な、なにやってんの、春菜!?」

ウットリとペニスを見つめる春菜に対し、夏菜は顔を真っ赤にして少年から離れ、顔をそむける。日頃のイメージだと、反応が逆のほうがしっくりくるのだが、どうも実際は違うようだ。

「うふふ……兄さん、ここも洗ってあげますねぇ」

と言って、春菜が石鹸まみれの手で一物を優しく握った。そして、ゆっくりとしごくように手を動かしはじめる。

「ふあっ！　は、春……ううぅっ！」

予想以上の快感が体を貫き、修介はおとがいを反らして情けない声をあげた。

自分の手とは、手の柔らかさも動かし方もまったく違い、様子を見るようなやや控えめなしごき方とはいえ、鮮烈な快感がもたらされる。

とにかく、予想もしなかった春菜の大胆な行動に、もはや修介の口からは驚きの言葉すら出てこなかった。

「はぁ～……これが、本物のオチン×ン……」

と、声をもらしながら、春菜が手の動きを次第に大きくしていく。

(ううっ……き、気持ちよすぎる！)

あまりの心地よさに、修介は義妹を制止することも忘れて快感に流されていった。

5 競い合い

(兄さんのオチン×ン、とっても熱くて硬い。本物のオチン×ンって、こんなにすごいモノだったのね)

手を動かしながら、春菜は内心で驚きを隠せずにいた。

自分からしはじめたことだが、いまだに胸の高鳴りがとまらない。

春菜は、いつも突っ走りがちな妹の抑え役で、真面目で落ち着いていると言われてきた。もちろん、自分でも期待されている役割をわかっていて、周囲にそう見てもらえるようにしてきたのである。

しかし、実は性のことに関しては、どうにも好奇心を抑えられなかった。とはいえ、真面目で通っている自分が、そのことをカミングアウトするわけにもいかない。

そのため、春菜は掃除のため修介の部屋に入るたびに、隠してあるエッチな本などをこっそり手にしていた。そして、ドキドキしながら読みふけっていたのである。

もちろん、年頃の義兄も義妹や義母に見つかることを恐れているのか、その手の本や雑誌をちゃんと隠していた。しかし、しょせん室内の隠し場所などおおよそ限られるため、ちょっと想像力を働かせれば見つけだすのは造作もない。

そして春菜は、たまに一人きりになると、しばしば漫画のエッチシーンを義兄と自分に置き換えて妄想しながら、己の胸や股間をまさぐっていた。

ただ、そうした行為は自分とは対照的にスタイルのいい、双子の妹に対する嫉妬と羨望ゆえでもあった。

(わたしも、夏菜くらいスタイルがよかったら、兄さんともっと……)

という思いもあって、身体つきが女らしくなることを祈りながら孤独な指戯に耽り、快感に浸っていたのである。

春菜は、小さい頃から修介のことが好きだった。もちろん、最初の「好き」は兄を見るものだった。しかし、思春期を迎える頃から、いつしかその感情は異性を見るものへと変化し、性の対象として見るようになったのである。

中学時代を含め、春菜に告白してきた男子は両手の指でも足りないほどいた。しかし、誰とも付き合おうという気にならなかったのは、いつも心に修介の存在があったからなのは間違いない。適当な理由をつけて断っていたが、実際は他の男子にまるで興味が湧かなかったのだ。

だが、血のつながりがないとはいえ、修介は兄という立場である。義兄と結ばれることを望んでいると周囲に知られたら、白い目で見られて「真面目」という評価も失われてしまうだろう。

そうして鬱積させていた長年の思いが、両親の長期不在というチャンスを前にして、ブレーキを失って暴走したのだった。

(わたし今、兄さんの熱くて硬いオチン×ンを握ってる……本当にオチン×ンを握って、シコシコしてるんだわ……)

そう思うと、ますます心臓がドキドキと高鳴ってくる。

本当は、ここまでするつもりはなかったのだが、夏菜と張り合ううちに歯止めがかからなくなってしまった。

いつもなら、暴走するのは妹のほうなのだが、今回は自分がすっかり先走っている。やはり双子ゆえに、どんなに表面的な性格が違っても、本質的な部分は似かよっているのかもしれない。

しかし、もう春菜も引きかえすつもりなどなかった。

（ここまでしちゃったんだから、こうなったら最後までしなくちゃ）

ドキドキしながら、さらに手を動かしていると、間もなくペニスがすっかり泡まみれになった。また、ガチガチに硬くなった一物の先端からは、まるで石鹼の泡を洗い流そうとしているかのように透明な液が溢れだしてきている。

（これって……確か、カウパー氏腺液って言ったかしら？　兄さん、そんなにわたしの手で感じてくれているの……？）

男が気持ちよくなると、ペニスの割れ目から先走り汁が出てくる、ということくらいは春菜も知っていた。

それを目の当たりにすると、あらためて悦びがこみあげてくる。

一方の夏菜のほうはというと、啞然として少女の行為を見ているだけだ。

（やった。わたし、ようやく夏菜より前に行けたんだわ）

という勝利の悦びが、ようやく春菜の心に湧きあがる。

本当なら、修介の背中を流すのは、自分だけでするつもりだった。しかし、双子のシンパシーなのか夏菜は姉の動きを察し、「あたしだって」と張り合ってきた。そのため、結局は二人で一緒に背中を流すことになってしまったのである。

だが、夏菜がいつもはエッチな言動を平然としつつも、実はその手のことに奥手だということを、春菜は知っていた。そのため、こうして常に先手を取れるのは、普段抑え役の少女に優越感をもたらしてくれる。

（わたし、夏菜には負けたくない。夏菜に、兄さんを取られたくない）

義兄の部屋にあった本の傾向から、彼が胸の大きな女の子に興味を持っていることはわかっていた。その意味で、春菜は妹に明らかな後れを取っていた。

もちろん、自分も胸を大きくしたいと思って、あれこれと努力はしている。だが、バストの脂肪が妹に持っていかれるかのように、どうしても成長してくれない。

そんな妹へのコンプレックスも、春菜の行動に拍車をかけていた。

少女が手の動きを少し速めると、修介が「ううっ」と声をもらして体を震わせる。その様子を見る限り、そろそろ彼も限界を迎えそうな気配だ。

（もう、いいかしら？）

そう考えて、春菜は肉棒から手を離した。

「兄さん、石鹸を流してあげます」

春菜はシャワーヘッドを手にしてお湯を出すと、一物に優しくかけた。そして、手を添えながら石鹸の泡をていねいに洗い流していく。

修介は、もうなすがままになっていて、心ここにあらずといった様子だ。

そんな義兄の顔を見ていると、どうにも欲望を我慢できなくなってきてしまう。

春菜は、シャワーヘッドを元に戻すと、少年に顔を近づけてキスをした。

さすがに、修介が「んんっ!?」とくぐもった驚きの声をあげる。

（えっと……確かキスをしてから、舌を入れて……それから……）

本で読んだことを懸命に思いだしながら、春菜は少年の口内に舌を差し入れた。そうして、舌を絡ませるように動かしてみる。

「くちゅ、ちゅぶ、ちゅば……」

我ながらぎこちない動きだったが、意識しているのか否か、修介の舌も応じるように動いて絡みついてくる。

舌同士がクチュクチュと粘着質な音をたてて、淫らなチークダンスを踊る。

そうしていると、舌と舌が擦れて、なんとも言えない心地よさがもたらされた。

（こ、これぇ。気持ちよすぎるぅ）

このままつづけていると、自分のほうが先に達してしまいそうな気がする。

「ぷはあっ。はぁ、はぁ……兄さんとファーストキス、しちゃいましたぁ。うふっ」

唇を離すと、春菜は息を切らしながらも、つい笑みをこぼしていた。

もちろん、小さな頃に遊びで唇を重ねたことはあった。だが、こうして舌を絡めるような濃厚なキスは初めてである。これだけでも、身体が熱くなって仕方がない。

(今朝は失敗しちゃったけど、やっと兄さんにキスができたわ)

という、リベンジを果たした悦びも、少女のなかに湧いてくる。

朝、春菜はシャワーを浴びていた妹に代わって、修介を起こしに行った。そして、義兄を起こそうとしたとき、キスをするチャンスだと気がついたのである。ところが、その直前に修介が目を開けてしまい、目論見は失敗に終わった。

結局、ああいっただまし討ちみたいなやり方よりは、正面からの攻めのほうが効果的だったらしい。

「それじゃあ、今度はこっちにもキスをしてあげますねぇ」

と言って、春菜は一物に顔を近づけた。

(兄さんのオチン×ン、こんなに間近に……わたし、これに口をつけるのね)

さすがに、そう思った途端に心臓の鼓動が一気に高鳴りはじめる。

それでも春菜は、思いきって縦割れの唇にキスをした。

「ちゅっ……ちゅっ……ちゅぷ……レロ、レロ……」

何度かついばむようなキスをしてから、亀頭を舐めまわす。

「くうっ……あああっ、そ、それ……」

舌を動かすたびに、修介が甲高い声をあげて体を震わせる。

(なんだか変な味……だけど、興奮しちゃう。それに、兄さんが感じてくれて……)

そう思うだけで、春菜の身体の奥から悦びが湧きあがってくる。

そこで、いったん口を離し、今度は裏筋を舐めあげた。

「レロ、レロ……あむっ……んぐ、んぐ……」

春菜は一物を口に半分ほど含んで、しごくように顔を動かしてみた。

「ううっ……春菜、そんな……う、上手すぎ……」

と、修介が引きつった声をあげる。

（だって、兄さんの部屋にあった本を読んで、フェラチオのやり方はだいたい覚えたんですもの）

春菜は、心のなかで義兄に答えていた。

また、ほんの少しだが、バナナを一物に見立てて練習したこともある。そうした自習の成果が、今発揮されているのだ。

少年の愉悦の表情を見ているだけで、春菜の胸の奥に歓喜の感情があふれそうになる。

「は……はははは春菜、なにしてんの!?」

と、夏菜が激しくどもりながら大声をあげた。姉のあまりにも大胆な行動の数々に、すっかり惚《ほう》けていたのだが、ようやく我にかえったらしい。

妹が正気を取り戻したため、春菜はいったんペニスから口を離した。

「なにって、フェラチオよ」

「そ、そうじゃなくて……ななななな……なんで、そんなことしてるの？　あ、相手はお兄ちゃんなんだよ⁉」

さすがに戸惑いを隠せないらしく、夏菜の声はうわずりすぎて半ば裏返っている。

「ええ、そうよ。でも、わたしは一人の女の子として、兄さんのことが好きなんだもの。だから、好きな人にはいーっぱい気持ちよくなって欲しいの」

そう言って、春菜はフェラチオを再開した。

「あむっ。んっ、んっ……じゅるるるる……じゅぶ、じゅぶ、くぢゅぢゅぢゅ……」

妹に見せつけるように、わざと音をたてながらペニスを激しく舐めまわす。ここまですると、もう気持ち的にもすっかり開き直っていられる。

春菜は、亀頭の割れ目から新たにこぼれでてきたカウパー氏腺液を舐め取った。すると、それだけで修介が「あうっ」と体を震わせて、大きくのけ反る。

そんな義兄の反応が、なんとも可愛らしく思えてならない。

「んっ、くちゅ……じゅぶ、レロロロロ、じゅる、じゅぼ、ちゅるる～……」

春菜は、さらに舌の動きに熱をこめていた。

こうしてフェラチオをしているだけで、自分も身体の奥が熱くなり、股間がムズムズとうずいてくる。

少女は、自然に空いている手を自分の股間に這わせていた。そうして、自身の割れ目をまさぐると、快感が身体を駆けめぐる。

「んぶうっ！　あんっ、感じてぇ……はむっ、じゅぶぶ……じゅる、ぢゅぼ……」

つい身体を強《こわ》ばらせた拍子に、ペニスがはずれそうになって、春菜はあわててモノを咥え直した。

「くっ……それっ……ああっ……」

と、修介がビクビクと全身を震わせ、一物もビクンッと大きく跳ねる。どうやら、春菜の口の動きが乱れたことで、彼にもイレギュラーな快感がもたらされたらしい。

（ああ、兄さんも感じて……わたし、兄さんと一緒に気持ちよくなっているんだわ）

そんな悦びを感じながら、春菜は夢中になってペニスを舐め、自分の股間をまさぐりつづけた。

「は、春菜っ……俺、もうっ！　ふあっ！」

なおも一物に舌を這わせていると、修介がついにうわずった声をあげた。

途中で言葉が切れたものの、彼の言いたいことはすぐに想像がつく。

「いいですよ、兄さん。わたしの顔に、精液を出してくださぁい」

ペニスから口を離して言うと、春菜は肉棒に添えていた手を動かして刺激を送りこんだ。また、精液のことを想像するとますます興奮してきて、股間をまさぐる指の動きも自然に速まってしまう。

義兄の一物が、手のなかでビクビクと震えているのが、はっきりと感じられる。

（そろそろ、出るのかしら？）

と思っていると、唐突に修介が「はうっ！」と声をあげた。同時に、一物の先端から大量のスペルマが勢いよく飛びだし、少女の顔面を直撃する。

その予想以上の勢いの強さに、春菜は思わず「きゃっ」と悲鳴をあげてしまう。

こっそり読んだエロ漫画で、射精の描写は何度も見ていたので、多少の覚悟はあった。だが、本当にこれほどの勢いで出るものだとは、春菜も思っていなかった。

「こ、これが精液？　とっても熱くて、ネバネバしていて、すごい匂い……んはあっ！　でも、わたしぃぃぃぃぃぃぃぃぃぃぃん！」

顔面に精液の感触と匂いを感じながら、春菜は限界を迎えて、自らも絶頂の声をあげていた。

さすがに、性器の刺激に没頭していたわけではないので、自慰に耽《ふけ》っているときほど大きなエクスタシーではない。それでも、頭が真っ白になって股間から大量の愛液が出てきたのは、しっかりと感じている。

（わたし、兄さんのオチン×ンに初めてフェラチオとか手コキしながら、オナニーまでして……それだけで、イッちゃったぁ）

こんなにも簡単にエクスタシーを味わうとは、自分でもいささか予想外だった。やはり、初めての行為に自身も激しく興奮していたのだろう。

顔にかかった粘つく液体が、ツーッと下に落ちてきて、口もとに達する。春菜は舌を出して、それを舐め取ってみた。

(ちょっと臭くて、変な味……だけど、これが兄さんの……)

そう思っただけで、悦びのあまりつい「うふっ」と笑みがこぼれてしまう。精液を味わっただけで、まるで媚薬でも飲んだかのように身体がますます熱くなってくる。

「ぜー、ぜー……は、春菜……」

修介は、息を切らしながらも目を丸くして少女の媚態を見つめていた。おそらく、春菜の真面目な一面しか知らなかったため、ギャップに戸惑っているのだろう。

(ああ、兄さんに見られて、ますます興奮してきちゃったぁ。わたし、本当はこんなにエッチな子なのぉ)

もっとも、射精したばかりだというのにペニスは硬度をまるで失っていなかった。これは、修介の興奮もまだ収まっていないという証だ。

「兄さん……わたしぃ……」

春菜が、欲望の赴くまま口を開こうとした、まさにそのとき。

「ああっ、もうっ！　春菜は、これ以上はダメぇ！」

夏菜が声を張りあげ、姉を押しのけるように修介の前にまわりこんできた。

妹の顔が真っ赤になっているのは、春菜と義兄の淫らな姿を目の当たりにした恥ずかしさなのか、あるいは性的な興奮からなのかは、一見すると判別がつかない。ただ、双子のシンパシーというものか、羞恥心と興奮が入り交じりながらも後者のほうがやや強いことは直感でわかる。

そう感じたものの、春菜は絶頂の余韻があって、抵抗する間もなく妹の勢いに押されて横に突き飛ばされてしまった。

「あんっ、もう。なにするのよ、夏菜？」

「あ、あたしだって、春菜に負けないくらい、お兄ちゃんのこと……す、好きなんだからねっ！　春菜にばっかり、いい思いさせないんだから！」

そう言って、夏菜が修介に顔を近づけた。

「……お、お兄ちゃん……あたしも、その……キス……してあげるね。ちゅっ」

おずおずとだったが、夏菜が義兄に唇を重ねる。

（ええっ⁉　か、夏菜が兄さんにキスをするなんて！）

妹の性格を知り尽くしている、と思っていた春菜は、さすがに驚きを隠せなかった。

いつもは、エッチなことを平然と口走ったりする妹が、実はいざとなると怖じ気づくタイプだということはわかっていた。そのため、なんだかんだ言っても彼女は行動を起こせない、と春菜は踏んでいたのである。だが、どうやらいささか読み違いをしていたらしい。

絶頂の余韻と、思いがけない事態に遭遇した混乱もあって、春菜は妹の行為を見守るしかなかった。

6 パイズリ&フェラ

(まさか、あたしがお兄ちゃんにキスをしちゃうなんて)

新庄夏菜は自分の行動に、我ながら信じられない思いを抱いていた。

夏菜は、ほとんどのことに関して、考えなしに行動して姉にたしなめられるような性格をしていた。だが、性的なこととなると、尻ごみして極端に臆病になってしまう。

実は、夏菜は少女漫画に出てくるセックスシーンすら直視できなかった。オナニーも、とりあえず試して胸を揉んでみたことはあるが、少し気持ちよくなってくると怖くなって、すぐにやめてしまった。

今まで、義兄や友人の前できわどい発言をしたり大胆な行動も取ってきたのは、そんな臆病な自分のカモフラージュにすぎなかったのである。

双子の直感というものなのか、春菜がオナニーで快感を得ていることは、夏菜もなんとなく悟っていた。しかし、対抗したいと思いながらも、どうしてもできない。

（本当のあたしは、臆病で自信がなくて……）

そんな自分が今、大好きな義兄に自らキスをしている。まるで、夢でも見ているかのようだ。

実のところ、姉のキスやフェラチオを見ているうちに、夏菜の身体も熱を帯び、抑えようのない欲望がこみあげてきていた。今までも、春菜の感情などが心に伝わってくることはあったが、こんなのは初めてのことである。おそらく、間近で軽いエクスタシーに達した双子の姉の昂りが、少女の肉体と精神にまで影響を与えたのだろう。

「ぷはっ。お兄ちゃん、またあたしがオッパイで洗ってあげるね」

そう言って、夏菜は義兄の体の正面に石鹸まみれのバストをこすりつけた。そして、先ほどの要領でふくらみを押しつけて修介の体を洗いだす。

「んっ……んっ……お兄ちゃん、気持ちいい？」

「あ、ああ……」

夏菜の問いかけに、義兄が惚《ほう》けたような声をあげて小さくうなずく。もはや、行為をとめることすら忘れているようだ。

そうして少年の体をある程度泡まみれにしたところで、ふと視線をさげると、勃起した一物が目に飛びこんできた。

（春菜、さっきあれに口をつけて……）

そう思うと、対抗心が湧きあがってくる。だが、さすがに夏菜には、いきなりフェラチオをする度胸はなかった。

「あっ、そうだ。チン×ンも、オッパイで洗ってあげるね」

夏菜は、椅子に腰かけたままの少年の前に座ると、石鹸まみれの胸を両手で寄せて谷間を大きくした。そうして、一物を間に挟みこむ。

「じゃあ……するよ。んしょ……んしょ……」

夏菜は、肉棒に石鹸をこすりつけるように胸を動かし、ペニスをしごきはじめた。

「うああっ！　ぱ、パイズリなんてっ」

と、修介が驚きとも心地よさともつかない声をもらす。

（へぇ。これ、パイズリって言うんだ）

今まで知らなかった言葉を知ったことで、少女のなかに不思議な悦びが湧いてくる。

もちろん、こんなことをするのも本当は恥ずかしかったが、フェラチオよりはまだ抵抗感が少ない。

二つのふくらみに挟まれたペニスは、たちまち泡にまみれ、精の残滓も春菜の唾液のあとも白い泡に包まれていく。すると、姉に先を越された悔しさも一緒に流れていく気がした。

(それに、こういうことは春菜にはできないもんね)

春菜のバストでは、どんなに寄せても勃起を挟むほどの谷間を作るのは不可能だ。家庭的で性格が大人びている姉に対し、ほとんど唯一と言っていい夏菜のアドバンテージは、スタイルのよさだった。

幼なじみの沙由里ほど胸は大きくないが、春菜の大胆な行為に対抗するには充分な武器になる。

「もうっ。夏菜、どいてよ！　わたしが兄さんを気持ちよくするんだから！」

ようやく我にかえった春菜が、そう言ってまた近づいてくる。

「んっ……ダメだよっ！　今度は、あたしの番なんだから！」

夏菜は、ペニスを守るように胸を寄せる手に力をこめた。

修介への思いの強さでは、姉に負けていない自信があった。大好きな義兄を取られないようにするには、ここで退くわけにはいかない。

ペニスを谷間に挟んだまま、夏菜は春菜とにらみ合った。

「……じゃあ、二人でオチン×ンを舐めて、どっちがいいか兄さんに決めてもらいましょう！」

いきなり、春菜が大胆な提案をしてきた。

「ええっ!?　ふ、二人で舐めるの？」

予想もしなかったことを言われて、さすがに夏菜は戸惑いの声をあげてしまう。

すると、双子の姉が勝ち誇ったような笑みを浮かべた。

「ふふっ、イヤならいいのよ。どうせ、夏菜にはフェラチオなんてできないんでしょうし」

さすがと言うべきか、春菜は妹がパイズリを選択した理由を見抜いていたらしい。

だが、こういう形で挑発されると、さすがにムッとしてしまう。

「わ、わかったよ！　あたしだって、フェラチオくらいするもん！　春菜には負けないんだからねっ！」

負けん気の強さを発揮して、夏菜はついそう応じていた。

(ど、どうしよう。フェラチオするって言っちゃった……)

言ってから後悔したものの、この状況ではもうあとには引けない。

「じゃあ、いったんどいて。わたしがこっち側からするから、夏菜はそっちからね」

と、春菜が指示を出してくる。

夏菜が離れると、姉はすぐにシャワーで石鹸を洗い流した。その行動は、まるでパイズリのあとを消そうとしているようでもある。

そうして泡を流し終えると、春菜はペニスに顔を近づけた。夏菜も、ペニスを挟んで姉と向かい合う。

「兄さぁん、どっちが気持ちいいか言ってくださいねぇ。レロ、レロ……」

そう言うなり、春菜が亀頭に舌を這わせはじめた。

「あっ。春菜、ズルイ！　あ、あたしだって……」

性器に口をつけることに抵抗感と羞恥心を抱きながら、夏菜もおずおずと亀頭に舌を這わせる。

鈴口に触れた瞬間、ほのかな石鹸の香りとともに、なんとも形容しがたい味が舌にひろがった。

（こ、これがチン×ンの味……変なの）

石鹸で洗っても、こんな味が残っているとは、いささか意外というしかない。

ただ、舐めた途端に修介が「くっ」と小さな呻き声をあげて体を強《こわ》ばらせたことに、夏菜は気づいていた。

（お兄ちゃん、あたしたちに舐められて、気持ちよくなってるんだ？）

そう悟ると、フェラチオへの抵抗感も薄れていく。行為への羞恥心より、義兄が悦んでいるという事実のほうが、今の夏菜にとってははるかに大きなことだった。

「チュロ、ペチャ……レロ、レロ、レロ～……」

春菜が、アイスキャンディーを舐めるかのように積極的に舌を這わせる。

（んと……こう……で、いいのかな？）

初めての行為に戸惑いながら、夏菜は姉の舌使いを真似て舌を動かした。

「ペチャ、ペチャ……リュロ、じゅる……」

「ううう……ふ、二人とも先っぽばっかり舐められたら……」

修介が、切羽つまったような声をあげる。

「ふあああ、ごめんなさい、兄さん。じゃあ、こっちも。レロ、ンロ……」

と、春菜が竿のほうに舌を移動させた。

「あんっ、あたしも……はふっ、じゅぶぶぶ、じゅる、じゅる、ちゅろ……」

夏菜も姉に対抗し、竿に舌を這わせる。だが、さすがにまだ春菜ほど大胆には舌を動かせない。

「レロ、じゅぷ……兄さん、わたしと夏菜と、どっちの舌が気持ちいいですかぁ？」

春菜が口を離し、義兄に問いかける。

「そ、それは……どっちもよすぎて、わからないよ」

修介は、心地よさそうに、それでいて困惑した様子で答えた。どうやら、フェラチオでは優劣がつきそうにない。

(だけど、このままじゃあ春菜のペースになったままだし……)

そう思ったとき、一つのアイデアが夏菜の脳裏に浮かんだ。

「そうだ。じゃあさ、今度はまたオッパイでしてあげるよ、お兄ちゃん」

「えっ？　じゃ、じゃあ、わたしも……」

「ふふ〜ん。だけど、春菜のオッパイじゃあ、お兄ちゃんのチン×ンを挟めないじゃん」

先ほどのおかえしとばかりに、夏菜は姉にとって一番痛いところを突いた。すると、春菜が悔しそうに唇を噛んで沈黙する。

実際、彼女の胸でパイズリをするなど、まず不可能である。

「……そ、それなら、わたしと夏菜で向かい合ってすれば……」

と、春菜が自信なさげに言う。なるほど、肉棒をサンドイッチにすれば、小さなバストでもパイズリ気分を味わえそうだ。

「もう……仕方がないなぁ。じゃあ、それでいいよ」

口論していても埒《らち》が明きそうにないので、夏菜は姉の提案を受け入れることにした。それに、二人でするにせよ胸の大きい自分のほうがメインになるのだから、これくらいは妥協したほうが得策だろう。

春菜が、「それじゃあ……」と言って、なだらかな乳房を両手でなんとか寄せて小さな谷間を作り、ペニスに近づける。

夏菜のほうも、再び手で谷間を大きくすると、姉と向かい合って一物を挟みながら乳房同士を合わせた。

「じゃあ、動くよ。んしょ、んしょ……」

夏菜は声をかけると、先ほどの要領で胸を動かしてペニスをしごきだした。お湯と唾液で充分に湿っているため、動き自体はスムーズそのものである。

「あんっ、わたしも……んっ、んっ……」

と、春菜も身体を揺するようにして動きだす。

すると、乳首同士がこすれて、先ほどとは違った快感が夏菜のなかに生まれた。

「んああっ、ち、乳首がぁ……はぁ、はぁ、気持ちいいよぉ」

「んふっ……兄さんのオチン×ンを、胸の間でぇ……んっ、んっ……」

春菜は、見るからに懸命な様子で一物への奉仕をつづけていた。しかし、小さなバストを寄せて作ったなだらかな谷間では、かなりパイズリしづらそうである。

(だけど、春菜もすごくエッチで……あたし、なんてことをしてるんだろう？)

今さらながら、そんな思いが夏菜の脳裏をよぎった。

姉の行動に対抗し、また彼女に感化されてしまい、ダブルフェラにつづいてダブルパイズリまでしている。こんなことは、まったくの想定外だった。

夏菜は、修介に対する思いにいつもブレーキをかけ、ついつい突っ張った態度を取ってきた。

もちろん、義兄を相手にエッチな発言をしたり、胸を押しつけるといった一見すると大胆な行動を取ったりもしてきた。だがそれは、彼が一線を越えてくるはずがない、あるいはどうせ姉が邪魔をしに来るだろう、という安心感があったからである。もしも修介と二人きりになったら、同じ言動を取る度胸などない。

そんな自分が、今はこうして義兄にダブルパイズリまでしている。実際にしていても、まるで夢でも見ているような気がしてならなかった。

（だけど、あたしもお兄ちゃんが好きだから……春菜には負けたくないもん！）

という思いが、あらためて心の奥底から湧きあがってくる。

春菜は、料理を含めて家事全般ができる。そんな家庭的な姉が、夏菜は羨ましくて仕方がなかった。

胸の大きさなど体形では自分に利があるものの、家事については春菜に全面的に負けている。肉体関係だけならまだしも、もしも一緒に暮らすなら家事上手な春菜のほうがいいに決まっている。

（神様は不公平だよ……あたし、オッパイもうちょっと小さくてもよかったから、料理とかちゃんとできれば……）

そうしたら、春菜のように朝ご飯や晩ご飯を作り、義兄に喜んでもらえただろう。

もっとも、今さらそんなことを思っても仕方がないのだが。

（あたしがお兄ちゃんを悦ばせられるのは、こういうことくらいだから……だから、

今はお兄ちゃんに気持ちよくなってもらうことだけ考えよう）

そう思い直して、夏菜はパイズリの動きに熱をこめた。

すると、乳首同士の摩擦が増して、より強い快感が身体を駆け抜ける。

「ああっ！　んっ、んっ……はっ、乳首ぃ……くうっ、いいっ」

心地よさをこらえきれず、つい声をもらしてしまう。

「んはっ、夏菜ぁ……ああっ、んっ、わ、わたしもぉ……」

と、春菜も気持ちよさそうな声をあげる。その顔の赤みが、いちだんと増しているのがはっきりとわかる。

もっとも、夏菜自身も身体の熱がますます高まっており、顔が熱くなっているのを感じていた。それに、自分の股間が濡れてきているのもわかる。

すると、自然にさらなる心地よさを求め、姉のバストにこすりつけるようにしながら、いちだんと胸の動きを大きくしてしまう。いつの間にか、パイズリをしている意識よりも、自分自身の快楽を求める気持ちのほうが強くなっていた。

それでも、修介は充分な快感を得ていたらしい。

「ああっ。俺、また……」

いきなり、義兄が甲高《かんだか》い声をあげた。なるほど、ペニスのヒクつき具合から見ても、そろそろ射精しそうな状態らしい。

そう悟った途端に、夏菜は先ほどの姉の淫靡《いんび》な姿を思いだした。

「ああっ。今度は、あたしがセーエキをもらう番なんだから！」

そう言うなり、少女は春菜を押しのけた。突然の行動に、姉は「きゃっ」と小さな悲鳴をあげ、バランスを崩して一物から離れてしまう。

夏菜は、完全にフリーな状態になった肉棒にしゃぶりついた。

「お兄ちゃん……んぐ、んぐ……じゅぶぶ……」

先ほどの春菜の行為を見様見真似で再現し、ペニスを口に含んで顔を動かす。

だが、姉のように顔射してもらおうと思ったのに、修介は「ううっ」と声をもらすなり夏菜の頭を押さえこんだ。そして、荒々しく腰を動かしだす。どうやら、義兄もジッとしていられなくなったらしい。

「んんっ！　ぐ、ぐぶじ……んぐううぅぅぅ！」

唐突に喉の奥を突かれ、夏菜は苦悶の声をもらした。目から、涙が溢れてくる。

しかし、少女の様子に気づいていないのか、あるいは射精への欲望を抑えきれないのか、修介は抽送をやめようとはしなかった。

「じゅぶううう！　んむむむっ……ぶじゅじゅじゅじゅ……」

少年の腰の動きに合わせて、夏菜の口から自然に淫らな音がこぼれでる。

ところが、そうして何度か喉を突かれているうちに、少女のなかに感覚の変化がもたらされた。

（……あ、あれ？　なんだか気持ちよく……）

息苦しいのは変わらないが、なんとなくそれが快感に思えてきたのである。

（なに、これ？　あたし、こんなことされて感じちゃってるの？）

少女が、自身の反応に戸惑っていると、

「出る！　出すぞ、夏菜！」

そう叫んで、修介は少女の頭を抱えたまま口内で精を放った。

「んぶううううぅぅぅぅ！」

夏菜は、くぐもった声をあげながらスペルマを受けとめるしかなかった。なにしろ、頭を押さえこまれているため、自力では口を離せないのである。

液体の粘つく感触と青臭い匂いが、口いっぱいにひろがっていく。

ただ、精液を味わうのと同時に、夏菜は頭が白くなって自分の身体が宙に浮くような感覚に見舞われていた。

（あああああっ！　こ、これっていったい……？）

初めての感覚だが、不快ではない。むしろ、幸せな感じさえする。

やがて精の放出が終わり、修介の手から力が抜けて少女の頭を押さえる力も弱まった。

「ぷはっ。うえっ。ケホッ、ケホッ……」

快感で息がうまくできなかったこともあり、夏菜は一物から口を離すなりむせかえって、精液の大半を床に吐きだしてしまった。だが、一部は喉の奥に流れこんでいる。

(ううっ、ネバネバして変なの……春菜、こんなのを舐めたんだ)

精液を舐め、なんとも嬉しそうな笑みを浮かべた姉の妖艶さに、さっきは自分のほうまで思わず胸が高鳴ってしまった。しかし、実際に口にしてみると、そんなに嬉しいものとは思えない。この青臭い匂いは、口を洗っても簡単には取れないのではないか、という気さえする。

ところが、口に残ったスペルマの味や匂いを感じているうちに、少女の身体の奥が自然に熱くなってきた。さらに、子宮がムズムズとうずきはじめる。

(ああ、お兄ちゃんのおっきなチン×ン、オマ×コに入れて欲しくなって……はっ。あ、あたし、なにを考えているの?)

自分の心に湧きあがった思いに、ウブな少女は困惑するしかなかった。

(そりゃあ、初めての相手はお兄ちゃんがいいって思っていたけど……でも浴場で、しかも春菜の前でなんて……)

夏菜の理想は、どこかロマンチックな場所へ兄と二人きりで出かけ、そこで愛の告白をして……というものだった。

よく姐御肌と称されている性格からは、いささかかけ離れた乙女チックな空想だと、自分でも思っている。しかし、そんな夢をずっと前から抱いていたのである。

だが、現実にしているのは理想の初体験とはまったく違うことばかりだ。

それでも夏菜は、ペニスを求める本能が心の奥底から湧きあがってくるのを、どうにも抑えられなかった。

7 初体験×2

(ううっ。いったい、なにがどうなって……)

修介は二度目の射精の余韻に浸りつつ、戸惑いを感じずにはいられなかった。

義妹の積極性に昂《たかぶ》って、ついイラマチオっぽいことをしてしまったことが、自分でも信じられない。

「はあ〜……夏菜ったら、兄さんの精液ほとんど吐きだしちゃってぇ」

春菜が、なんとも恨めしそうに妹をにらみつける。

「はぁ、はぁ……そ、そんなこと言ったたって……」

夏菜も息を切らしながら口を開いたが、途中で言いよどんでしまった。

彼女が、口内射精の瞬間に軽いエクスタシーに達したのは、修介も気づいていた。

おそらく、そのことを素直に口にできないのだろう。

（そ、それにしても……チ×ポが小さくならねー！）

義妹たちの思いがけない行動と、あまりに艶やかな姿を目の当たりにしているせいか、立てつづけに射精したというのに、ペニスが小さくなる気配はまるでない。

「はぁ〜、兄さんのオチン×ン、まだ大きいまま……ああっ、わたし、もう我慢できません！　兄さん、今すぐわたしの初めてをもらってください！」

熱い吐息をもらした春菜が、少年を見て叫んだ。

「お、おい、春菜？　俺たちは兄妹で……」

ここまでされているので、少しは予想できたセリフだったが、実際に言われるとたじろいでしまう。

「兄妹でも、血のつながりはないんだから関係ありません！」

「だ、だけど……」

少年がなおも尻ごみしていると、春菜がなんとも悲しそうな顔を見せた。

「それとも、兄さんはわたしのこと嫌いですか？　わたしのオッパイが小さいから、魅力を感じてくれないんですか？」

さすがに、こんなことを言われると、修介も首を横に振るしかなかった。

「そんなことない！　俺も春菜のこと好きだし、その……今はすごく色っぽくて、魅力的に見えて……」

「ああっ、嬉しい！　兄さん、大好きです！」

と、春菜が抱きついてくる。

そのぬくもりを感じているだけで、新たな興奮が湧きあがってしまう。

「わたし、初めては絶対兄さんにあげよう、って前から決めていたんです。他の男の人とエッチすることなんて、考えたこともありませんでした」

（春菜、そこまで俺のことを……）

義妹の告白に、修介の胸には熱いものがこみあげてきた。

彼女が、これまで男子生徒たちからの告白をことごとく断ってきたことは、修介も知っている。前に理由を聞いたことがあったが、そのときは「今は男の人とお付き合いする気にならないだけですから」と、曖昧な言い方で誤魔化されてしまった。まさか、それが自分への恋心ゆえだったとは、まったく思いもよらないことだった。

もちろん、身辺の世話をしてくれるので、修介も春菜に好かれている自覚はあった。ただ、それは「異性」としてではなく、「兄」としてのものだと思っていたのである。

彼女の本心がわかった途端、今まで「妹」として見ることで抑えてきた欲望が、一気にふくれあがる。

修介は、「春菜！」と叫ぶなり、義妹の身体を思いきり抱きしめていた。

「あんっ、兄さん……」

突然の行為に、春菜が小さな声をあげる。しかし、抵抗はしない。

「春菜、本当にいいのか？」

「……うん。兄さんに、わたしの初めてを……ううん、すべてを捧げます。わたしを、兄さんのモノにしてください」

ここまで言われては、もはや「拒む」という選択肢などあり得なかった。

修介にしても、もともと双子の義妹に異性としての魅力をそれぞれ感じていたのだ。そうした思いが、春菜の告白で爆発してしまい、もはや抑えようがない。

兄妹のしがらみなど関係なく、目の前の女の子を抱きたいという欲望だけが、少年の心を支配する。

だが、修介が次の行動を起こそうとしたとき。

「ちょ、ちょっと待ってよ！　あたしだって、お兄ちゃんのこと好きなんだから！」

姉の積極性に惚《ほう》けていた夏菜が、なんともあわてた様子で口を開いた。

「あ、あたしの処女……お兄ちゃんに、もらって欲しい……ああっ、もう！　やっぱり、恥ずかしいよ！」

そう言って、顔を真っ赤にしながら頭を振るツインテールの少女が、なんともいじらしくて可愛く見える。

いつもはおしとやかなのに実は大胆な春菜、いつもは大胆なのに実は奥手な夏菜。どちらも、魅力的に見えてならなかった。

とはいえ、二人から一度に迫られると、どちらから先にするかが問題になる。

すると、先に夏菜がおずおずと口を開いた。

「えっと……だけど、あたしは春菜の次でいいから」

どうやら、処女を義兄に捧げる決意を固めたものの、初体験に怖じ気づいてしまったらしい。

「じゃあ、まずは春菜からな」

その言葉に、ポニーテールの少女が嬉しそうに「はいっ」とうなずく。

修介は、義妹の身体を床のタイルに横たえた。そして、彼女の両足をひろげる。

少女の秘部が丸見えになって、修介の胸の鼓動はいちだんと高まった。

（こ、これが本物のオマ×コなんだ……）

今まで、こんなアングルで女性器を見た経験はなかった。もちろん、エロ漫画やエッチなサイトで同じ構図を見たことはある。だが、その手のものはだいたい墨消しやモザイクといった処理がされていた。

間近で足をひろげた女の子の性器を、しかも義妹のものを目にしていると意識するだけで、射精しそうなほどの興奮を覚えてしまう。

「い、行くぞ、春菜」

初体験に緊張しつつ、修介は一物を大陰唇にあてがった。

すると、春菜が「んっ」と声をもらし、目を閉じる。

呼吸困難になりそうなほどの緊張を覚えながら、ゆっくりと亀頭を陰唇のなかへと押しこむ。

(うっ。こ、これがオマ×コの感触……)

修介は、鈴口が肉襞に包みこまれていく心地よさに、思わず声をあげそうになってどうにかこらえた。すでに二度も射精しているおかげで耐えられたが、そうでなかったらこの時点で間違いなく射精していただろう。

さらに少し奥へ進むと、一物の進入を遮る感触があった。

それが春菜の初めての証なのは、修介にも容易に想像がついた。これを破ってしまったら、もう本当に後戻りできなくなってしまう。

(だけど、春菜にはフェラチオとかしてもらっているんだし……)

義妹の一途な思いに、なんとか応えてあげたい。そのためには、ここで躊躇《ちゅうちょ》することなど許されない。

そう意を決して、修介は腰に力をこめた。

すると、引っかかるような感じにつづいて、膜を破る感触が生じた。

「んくうううぅぅぅぅぅっ！」

さすがに、春菜が苦しそうに顔をゆがめる。

「くっ……春菜、ちょっと我慢してくれよ」

そう声をかけると、修介は思いきって一気に肉棒を奥へと突き入れた。

「んあああっ！　はあぁっ、入ってぇぇぇぇぇぇ！」

と、春菜が甲高い悲鳴を浴場に響かせる。

間もなく、修介の腰が義妹の股間にぶつかり、一物がなんともあっけないくらいあっさりと奥に到達したことを教えてくれた。

横で行為を見ていた夏菜が、目を大きく見開いて「うわぁ……」と口を押さえながら声をもらす。

（ううっ。春菜のなか、すごく気持ちいい……）

ペニス全体を、熱い肉に絡め取られるような心地よい感触に、修介は声を出すのを懸命にこらえていた。油断したら、情けない声をあげてしまいそうな気がする。

「うっ……くううっ……」

一方の春菜は、なんとも苦しそうな声をもらしていた。

修介はそれを聞いて、浴場の床に破瓜《はか》の血が散っていることに、ようやく気づいた。

「あっ。春菜、大丈夫か？」

「へ、平気です……ああ、兄さんのオチン×ンが、なかに入っているのがわかります……熱くて、すごく硬いモノぉ……」

春菜は涙を浮かべながら、そう言って健気にも笑みをこぼす。

そんな義妹の姿に、修介の胸も自然に熱くなった。

「は、春菜、本当に大丈夫なの？」

夏菜が、心配そうに声をかける。

「うん、少し痛いけど……平気よ」

そう答えた少女が、苦痛のなかにも勝ち誇ったように目を輝かせたように見えたのは、修介の思い過ごしだろうか。

「兄さん、動いて……動いてください」

少し経って、春菜が口を開いた。

「いいのか、春菜？　本当に平気か？」

「ええ、我慢できると思います。それに、わたしも兄さんをもっといっぱい感じたいんです」

その言葉と視線から、ポニーテールの義妹の気持ちが痛いくらいに伝わってくる。

「わかった。それじゃあ……」

修介は上体を起こし、春菜の足をM字にした。そして、膝に手を置いて慎重に腰を動かしはじめる。

「うっ……んっ……くうっ……」

春菜は少し痛そうに顔をゆがませたものの、悲鳴をあげることもなく少年の動きを受け入れる。

それでも、いきなり激しく動くのは無理そうなので、修介はしばらく突く動作だけに専念することにした。

なるべくリズムを安定させ、ゆっくりと小さなピストン運動を繰りかえす。

すると、次第に春菜の表情がほころんできた。

「んあっ……くうっ……あんっ……ふあっ……」

少女の口からこぼれる声にも、甘いものが混じりだしている。

それが演技ではなく、実際に彼女が感じはじめているのは、結合部の潤滑油の量が増していることからも明らかだった。

(ううっ。春菜のオマ×コ、すごく気持ちいい……これが、本当のセックスなんだ)

義妹の膣肉は、ペニスがとろけてしまいそうなくらい熱かった。さすがにややきついものの、それでいて抽送のたびに膣道全体が一物にネットリと絡みついてくる。手や口、また胸ともまったく違う、まさに最高の感触だった。

二度も射精したおかげで、今はなんとかまだこの心地よさに耐える余裕がある。しかし、もしも一度出しただけだったら、もう射精を我慢できなくなっていただろう。こんな快楽を知ったら、とてもオナニーばかりの生活には戻れそうにない。

「春菜、春菜、春菜っ！」

欲望に負けた修介は、義妹の名前を呼びながら腰の動きを大きくした。

「んあぁっ！　あんっ、あんっ、兄さん、兄さぁぁん！」

と、春菜も甘い声で応じてくれる。

もはや、夏菜に見られていることも気にならなかった。すでに、このまま射精できればそれでいい、という開き直った心境になっている。

「ああっ、もうっ！　春菜ばっかりズルイよ！　お兄ちゃん、やっぱりあたしにもチン×ン挿れて！」

いきなり夏菜が叫んで、少年の腕にすがりついてきた。どうやら、修介と姉のセックスを間近で見せつけられて、さすがに耐えきれなくなったらしい。

「ふあ？　あんっ、ダメよ。兄さんには、ちゃんとわたしと最後までしてもらうの。夏菜には渡さないんだから」

そう言って、春菜が少年を離すまいとするかのように足を腰に絡めてきた。すると、膣が締まってペニスに新たな快感をもたらす。

「もうっ！　春菜、お兄ちゃんを離しなよ！」

夏菜が、強引に姉の足を少年からほどこうとする。

さすがに、これでは修介も腰を動かすことができない。

「わ、わかった。夏菜にもあとでしてやるから、今は我慢してくれ」

だが、少年の提案にツインテールの義妹は首を大きく横に振った。

「イヤッ！　今すぐ、あたしにも春菜と同じことをして！　また春菜のあとになるなんて、もうヤダもん！」

初体験に恐れを抱いていた夏菜も、どうやら姉の後塵を拝する屈辱をこれ以上味わうことに、我慢がならなくなったらしい。

とはいえ、このままでは春菜とのセックスもままならなくなりそうだ。

「じゃあ、夏菜も春菜と一緒にしてあげるよ。春菜、いいだろう？」

他に手を思いつかず、修介はそう言ってつながったままの義妹を見つめる。

「……まぁ、兄さんがそう言うのでしたら」

渋々という様子だったが、春菜も同意してようやく足をほどいてくれる。

修介は腰を引いて、いったん一物を抜いた。すると、ポニーテールの少女の口から
「んあっ」と無念そうな声がこぼれる。

「春菜、動けるか？」

「はい……少しボーッとしますけど、なんとか平気です」

「じゃあ、二人で島カランの上に並んで手をついて、四つん這いになるんだ」

春菜と夏菜は、少年の指示に従って浴場の中央にある島カランの頭頂部に手をついた。そして、尻を少年のほうに向けてくる。

スレンダーな春菜のヒップと、ややふくよかな夏菜のヒップが並んでいるさまは、なかなかの絶景だ。

「に、兄さん……なんだか……」

「お兄ちゃん。この格好、恥ずかしいよぉ」

と、双子が口を開いて、なんともきまりが悪そうに少年を見つめてくる。

「これくらい、我慢してくれよ。二人いっぺんにするんなら、たぶんバックからじゃないと難しいと思うし」

実際、正常位では足をひろげるぶん、修介の移動距離が長くなる。その意味では、後背位のほうが少しは楽に交互突きできそうだと思う。

少年は、夏菜の後ろに近づくと腰をつかんだ。それだけで、少女の身体が強《こわ》ばって緊張感を伝えてくる。

修介は構わずに、分身を夏菜の陰唇にあてがった。そして、「挿《い》れるぞ」と短く声をかけると、腰を前に押しだして秘唇に割り入る。

「んっ……くううっ、変な感じぃ」

るらしい。

と、夏菜が困惑したような声をあげた。やはり、一物の挿入にかなりの違和感があ

さらに進むと、亀頭の先端に抵抗が生じた。それが処女膜なのは、春菜との行為ですでにわかっている。

「いくぞ、夏菜」

と声をかけるなり、修介は処女の証を一気に貫いた。

「ひあああああっ！　い、痛いよぉぉぉぉぉ！」

夏菜が悲鳴をあげて、いったん大きくのけ反った。そして、次の瞬間には島カランの上に突っ伏してしまう。

「夏菜、ちょっとだけ我慢するんだ」

そう声をかけて、修介は肉棒をさらに奥へと進ませ、ツインテールの義妹と一分の隙もないくらいピッタリとくっつく。

破瓜の血が少女の太腿に垂れ、またタイルにも真紅のモノが散っていた。それらを見ると、彼女の処女をもらったのだ、としみじみ実感する。

「……お、お兄ちゃんがぁ、ううっ、あたしの初めて……なかに、くっ、入ってぇ」

夏菜が目に涙を浮かべながら、少年を見つめた。やや苦痛にゆがみながらも、目を潤ませたその表情が、意外なくらい艶やかに見える。

「夏菜、嬉しい？」

横からの姉の問いかけに、夏菜が顔を紅潮させたまま小さくうなずいた。

「うん……痛いけど、とっても嬉しいよ。だって、大好きなお兄ちゃんと一つになれたんだもん」

「夏菜、動いてもいいか？」

「う、うん……あっ、でも最初は優しく……ゆっくりね」

夏菜の許可を得て、ゆっくりと腰を動かしはじめた。

「うっ……んっ……つうっ……」

なるべく小さな動きにしたつもりだったが、処女を失ったばかりの少女の口からは苦しそうな声がこぼれでていた。彼女の身体がかなり強《こわ》ばっているのも、一物を通して修介に伝わってくる。

（まだ、動くのはちょっと厳しかったかな？）

そう考えた修介は、夏菜のバストに手を伸ばした。そして、背後から二つのふくらみをわしづかみにして、グニグニと揉みしだいてみる。

「んあああっ……そ、それっ。オッパイ、ふあっ、いいよぉ」

と、ツインテールの少女が気持ちよさそうな声をあげる。

さらに、修介はすっかり屹立した乳首をつまんでみた。

「ひあっ！　ああんっ！　それ、気持ちいいよぉ！　あたし、痛いのになんだか気持ちいぃいぃ！」

と、夏菜が戸惑いながらも甘い声をあげる。どうやら、破瓜《はか》の痛みと快楽が少女のなかでない交ぜになっているらしい。

さらに胸を揉んでいると、緊張がほぐれてきたのか、次第に夏菜の身体から力が抜けていった。

「あああ……んあっ、なんだか、気持ちよくぅ……オマ×コ、ジンジン来てるよぉ」

そう言った少女の声からも、苦痛の色はほぼ消え失せている。

「夏菜、また動くぞ」

「ふあぁ……うん、いいよぉ。今度は、大丈夫そうだからぁ」

義妹の許可を得て、修介は胸を揉みながら慎重にピストン運動を再開した。

「ふああっ、あんっ、あんっ、来てるぅ！　あひっ、お兄ちゃんが、はうっ、あたしのオッパイぃいっ！　きゃうっ、オマ×コも、ひああっ、しびれちゃうぅぅぅ！」

たちまち夏菜が甘い喘ぎ声をあげて、髪を振り乱しはじめる。

「ああ～ん。兄さん、そろそろわたしにもしてくださぁい」

と、今度は春菜が切なそうに腰を振りながら、少年に懇願してきた。どうやら、修介に貫かれて気持ちよさそうな妹に嫉妬しているらしい。

「春菜、ゴメンな。すぐにしてやるから。じゃあ夏菜、いったん抜くぞ」

そう声をかけて、少年は腰を引いた。

「ふあああっ、出ていっちゃううぅぅ……はぁっ、はぁっ……」

ペニスが抜けると、島カランに突っ伏した夏菜が無念そうな声をあげる。

そんな少女を横目に見ながら、修介は隣の春菜のほうへと移動した。そして、再び彼女のなかへと挿入を開始する。

「んんっ……やっぱり、ちょっと痛い……」

一物が入るなり、ポニーテールの少女がそう言ってわずかに顔をゆがませた。やはり、ついさっき破瓜を迎えたばかりの場所が、挿入時にこすれて痛むらしい。

それでも、全体的な締めつけのきつさは、先ほどと変わらない。また、すでに処女膜がないおかげで、今度は進入もスムーズそのものだ。

修介は一物を奥まで入れると、すぐに小さく腰を動かしはじめた。

「あっ、あんっ……兄さんの、んんっ、オチン×ンがっ、わたしの、ふああっ、し、子宮口までっ……ああっ、コツコツ当たるぅ！」

少年がピストン運動を開始するなり、春菜がなんとも気持ちよさそうな声をあげる。

「あんっ。お、お兄ちゃん、春菜ばっかりじゃなくてぇ」

と、今度は夏菜が恨めしそうに、潤んだ目を少年に向けてきた。

（二人とするのって、けっこう大変かも）

そんなことを思いつつ、修介はさらに何度か腰を動かして、春菜から分身を抜いた。そして、再び夏菜のほうに挿入する。

「あぁーっ！　入って……んくっ、お兄ちゃんのチン×ン、入ってきたぁぁぁ！」

今度は、夏菜が悦びに満ちた声をもらす。一瞬、苦しそうだったのは、やはり破瓜の部分がこすれて痛みが生じたからだろう。

「んあっ、あんっ、あん……お兄ちゃんがぁっ、ああっ、わかるぅ！　はっ、ひうっ、なんかいいよぉぉぉ！」

構わずに腰を動かすと、夏菜がたちまち快楽に満ちた声をあげた。どうやら、もう挿入時以外にほとんど痛みは感じていないらしい。

ズチュズチュというリズミカルな淫音が浴場に響き、少女の喘ぎ声との淫らなハーモニーを奏でる。

何度か腰を動かすと、修介はすぐにペニスを抜いた。

「ふあっ、なんでぇ？」

と、夏菜がやや不満そうな声をあげる。

「ちゃんと、春菜と代わりばんこにしてやらないと不公平じゃん」

そう言って、修介はまたポニーテールの少女に挿入した。

「はあああっ！　入って……ふあああんっ、あああっ、だ、だんだんんん……気持ちいいだけに……くあああっ！　オチン×ン、あんっ、いいですぅぅぅ！」

ペニスを挿《い》れてすぐに腰を動かすと、春菜はまるで苦しそうな顔をせずに少年を受け入れる。

何度かピストン運動をすると、修介はまた文句を言われる前に、春菜からペニスを抜いた。そして、夏菜に肉棒を突き入れる。

「あああっ！　お兄ちゃんのチン×ンがぁぁ！　来てる、奥に来てるよぉぉ！」

ツインテールの義妹も、今度は苦しげな顔を見せずに肉棒を受け入れた。

（へぇ。双子なのに、オマ×コの感触は違うんだなぁ）

二人を交互に突きながら、修介はそんな驚きを感じていた。

膣の締めつけの強さなどは、さすがに双子だけあってよく似ている。しかし、交互に突いてみると、膣肉の感触に微妙な差があることがよくわかった。

春菜の膣肉は、締めつけのきつさがあるものの、分身にネットリと絡みついてくる感じがする。一方、夏菜のほうは姉と同じようなきつさがありながら、膣肉全体が強弱に蠢《うごめ》いてペニスに快感をもたらしてくれる。

もっとも、どちらも気持ちいいため甲乙はつけがたい。

（俺、本当に春菜と夏菜とエッチしてるんだ。しかも、二人いっぺんに……）

その事実に、修介は激しい興奮を覚えていた。昂《たかぶ》りすぎて頭が朦朧《もうろう》としてしまい、やがていったいどちらを突いているのかもわからなくなってくる。

ほとんど無意識状態で交互突きをつづけていると、ようやく今日三度目の射精感が腰のあたりに湧きあがってきた。

「ああっ、オチン×ンがっ！　兄さぁん！　なかに、わたしのなかにくださぁい！」

「ふああっ！　は、春菜がなかにするんなら、あたしだってぇ！　な、なかにぃ！」

と、双子が口々に訴えてくる。

「わ、わかった。じゃあ……」

修介はどうにか二人の求めにうなずき、腰を小さく動かした。

すると、射精感の限界が一気に訪れ、大量のスペルマが噴きだす。

「んああああああぁぁぁぁぁぁぁ！」

と、夏菜が絶頂の声を浴場に響かせる。

(ああ、俺、夏菜に出したんだ……)

と思ったものの、ここで出し尽くすわけにはいかない。

朦朧としながらも、修介は射精を強引にとめて、一物を夏菜から抜いた。そして、今度は春菜に挿入して腰を小さく動かす。

「あっ、あっ、オチン×ンンンン！　いっ、イキますぅぅぅぅぅぅぅぅぅぅ!!」

春菜も、たちまち絶頂の声を張りあげた。

膣全体がきつく締まり、その感触に誘われて、修介は残った精のすべてをポニーテールの義妹のなかに注ぎこんだ。

「あああ……出てるぅぅぅ。わたしのなかに、いっぱいぃぃぃぃ……」

恍惚《こうこつ》とした表情を見せて、春菜がグッタリと島カランに突っ伏す。

スペルマを一滴残らず出し尽くすと、修介は春菜から肉棒を抜いた。

双子は、ともに支えを失い、島カランにグッタリと身体を預けていた。しかし、二人とも息を切らしながらも、なんとも幸せそうな笑みを浮かべている。

精をすべて搾り取られた修介は、疲労の限界を感じて床に尻餅をついてしまった。

(つ、疲れた……)

さすがに、初体験で3Pというのは、いささか難易度が高いプレイだった気がしてならない。

やがて、興奮の余韻が冷めて冷静さが戻ってくると、とんでもないことをしてしまったという思いが、少年の心に湧きあがってきた。

(兄妹なのに、エッチしちゃって……俺たち、これからどうなっちゃうんだろう?)

双子の義妹との関係が大きく変わってしまったことに、修介は期待よりも不安を抱かずにはいられなかった。

泡天国 その2 内風呂でだってハーレム

1 戸惑い

「春菜、お兄ちゃんにくっつきすぎだよ！」

「夏菜こそ、兄さんから離れなさいよ」

道を歩きながら、私服姿の双子が言い争いをしてにらみ合う。

二人とも、修介の腕にしっかりと自分の腕を絡ませ、対抗し合って身体を密着させていた。おかげで、少年のほうは歩くのも大変なのはもちろん、股間のふくらみを誤魔化すのに一苦労である。

「おやまぁ。三人とも、相変わらず仲がいいねぇ」

近所の中年主婦から声をかけられ、修介は「あはは……」と苦笑いを浮かべるしかなかった。

（これが、単に仲がいい兄妹に見えるのかなぁ？）

修介と双子の義妹が関係を持ってから、今日で三日。あの日以来、春菜と夏菜の態度はあからさまに変わっていた。

とにかく、銭湯のことをやっているとき以外、二人はいつも修介と一緒にいたがり、好意を隠そうともしなかった。もはや、兄妹というよりは恋人気取りと言ったほうがいいだろう。

しかし、双子はお互いに牽制し合っているため、ちょっと外出をするにもご覧の有様である。そんな少女たちの態度に、修介のほうがいまだに戸惑いをぬぐえずにいる。

とにかく、両腕をこんな形でふさがれていては、荷物を持つことすらできやしない。

また、この暑い最中に左右から密着されると、かなり暑苦しい。

もっとも、双子の肉体の感触を両腕に感じているだけで、夢のような3Pの記憶が甦って、ついつい頬がゆるみそうになってしまうのだが。

（また、あんなことできるのかな？）

などと、修介がついつい不謹慎なことを思っていると、

「あら？　修くん、春菜ちゃん、夏菜ちゃん？」

と、横から声をかけられた。

目を向けると、そこには満杯のスポーツバッグをぶらさげた沙由里が立っていた。

巨乳の幼なじみは、半袖のプリントワンピースというラフな格好をしている。

途端に、春菜と夏菜が息を呑み、少年に絡めた腕に力をこめる。

「さ、沙由里……」

幼なじみの少女の姿を見るなり、修介のなかにあった邪《よこしま》な感情が首を引っこめて、代わりに罪悪感がこみあげてきた。

なにしろ、沙由里に惹かれていながら、双子に手を出したのだ。いくら、義妹たちから誘惑された結果とはいえ、今さらながら「沙由里を裏切ってしまった」という気持ちになってしまう。

「三人とも、そんなにくっついてどうしたの？」

事情を知らない沙由里が、不思議そうに首をかしげる。

「な、なんでもないよ。これから、買い物に行くだけで」

修介は、なんとか平静を装って口を開いた。だが、声が硬くなっているのは自分でもわかる。

「そ、そうそう。サユ姉、あたしたち買い物に行くんだ」

「沙由里お姉ちゃんは、どこか行っていたんですか？」

強《こわ》ばった表情で、夏菜と春菜が口を開いた。双子が、なぜか沙由里に対して警戒心を抱いている様子が、腕から伝わってくる。

（いったい、二人ともどうしたんだろう？　そりゃあ、確かに最近はちょっと疎遠になっていたけど、ずっと一緒に遊んできた仲じゃん）

少年が心のなかで疑問を抱いていると、三人の様子に違和感を抱いていないのか、沙由里が微笑みながら口を開いた。

「クラスの友達に誘われて、プールに行っていたの」

と、少女がバッグを持ちあげる。

水着とタオルだけにしては妙に大きいので、浮き輪とかエアマットの類が入っているのかもしれない。

（プールかぁ。沙由里、どんな水着を着ていたんだろう？）

修介は、ついそんなことを考えていた。

残念ながら、山蔵学園にはプールがない。したがって、ここ何年かは巨乳少女の水着姿を拝んだことはなかった。

セパレートの水着だったりしたら、その胸の大きさゆえに彼女はプールで男たちの視線を釘づけにしていたのではないか？

そう考えると、なんとなく悔しい気がしてくる。

「お兄ちゃん、早く買い物に行かないと！」

いきなり、夏菜が不愉快そうに言って、少年の腕を引っ張った。

「そうですよっ！　タイムセールが、はじまっちゃうじゃないですか！」

なぜか、春菜まであからさまに不機嫌な態度になって腕を引っ張る。

「わ、わかったって。じゃあ、沙由里、また」

「うん、またね」

と、少し寂しそうな表情を浮かべながら、沙由里が小さく手を振る。

「兄さん、早く行きましょう！」

「お兄ちゃん、ほらっ！」

双子に引っ張られて、修介はたちまち幼なじみから引き離されてしまった。

（二人とも、いったいどうしたんだ？　なんだか、沙由里の近くにいたくないって感じだけど。昔は、あんなに仲がよかったのになぁ）

なにがなんだかわからず、修介はただただ戸惑うしかなかった。

2 朝から……

窓の外から、蟬《せみ》の鳴き声が聞こえてきて、深い眠りについていた修介の意識が、覚醒に向かいはじめた。

（う〜ん、もう朝か……って、なんかチ×ポがすごく気持ちいいんだけど？）

朝勃《あさだ》ちするのは当たり前なのだが、それ以外の感覚が下半身にある。ペニスに生温かいものが這い、甘美な刺激を送りこんでくるのだ。しかも、「んっ、んっ……ちゅぱ……」という声まで聞こえてくる。

（こ、これって、まさか!?）

ようやく状況を悟った修介は、あわてて目を開けて下半身を見る。すると案の定、ツインテールの義妹が熱心にフェラチオをしていた。

「なっ、なにやってんだよ、夏菜!?」

思わず叫ぶと、ようやく少女が口を離して修介のほうを見た。しかし、その手は竿に添えられたままである。

「ぷはあ～……おはよっ、お兄ちゃん」

と、夏菜が無邪気そうな笑みを見せる。

「おはよ、じゃないって！　なんで、フェラチオなんてしてるんだよ？」

「だってぇ、お兄ちゃんのチン×ンおっきくなってたから、射精したいのかなぁって思ってさ。えへへ……」

「そ、それは男の生理現象！　勝手に勃ってるだけで……」

「へー、そーなんだぁ。だけど、あたしにチン×ン舐められて、気持ちよかったでしょ？」

「うん、そりゃあ……って、違ぁう！　いったいどうしちゃったんだよ、夏菜？」

確かに、夏菜はこれまでもエッチな言動で少年を惑わせてきた。だが、ここまで大胆な行動に出たことはない。やはり、セックスを経験したことで、なにかが吹っきれたのだろうか？

「あたしね、お兄ちゃんにいっぱい悦んでもらいたいんだ。そのためなら、なんだってしてあげる」

そう言いながら、夏菜が竿に添えた手を動かす。

「くうっ、そ、それ……」

ペニスから快感がもたらされ、修介は思わず呻いた。こんなことをされると、拒もうという気持ちがたちまち萎えていく。

「ううっ……だけど、下に春菜がいるし……」

と、修介は理性を総動員して言った。

実際、もしもポニーテールの義妹にこの現場を見られたら、いったいどういうことになるのか、想像しただけで恐ろしくなる。

だが、夏菜は自信たっぷりの笑みを見せた。

「大丈夫だよ。春菜は今、朝ご飯を作っているから。最後までする時間はないけど、フェラチオくらいならできるって」

そう言われると、さすがに心が揺らいでしまう。というか、フェラチオに手コキまでされては、年頃の男子に我慢などできるはずがなかった。まして、目覚める前から刺激を受けていたため、もはや一発出さないと収まりがつきそうにない。

「じゃあ……つづけてくれるか？」

覚悟を決めて修介が聞くと、ツインテールの義妹が嬉しそうに顔を輝かせた。

「うんっ。じゃあ、あたしにお兄ちゃんの濃いミルク、いっぱい呑ませてね。あむっ……んぐ、んぐ、んじゅじゅじゅ……」

夏菜は肉棒を深々と呑みこみ、顔を大きく動かして刺激を送りこんできた。

先端が喉の奥に時折当たるが、少女はそれすら気持ちよさそうに受けとめている。初めてのときの、おっかなびっくりな態度が嘘のような大胆さだ。

「ううっ……夏菜、それいいよ」

予想以上の快感がもたらされて、修介は思わず呻いていた。

「ぷはっ、ホントに？　じゃあ、これは？　レロ、レロレロ～……」

と、夏菜は声をもらしながら竿の裏筋部分を舌先で舐めまわす。

「ああっ、それもいい……」

「チン×ンって、やっぱり敏感なんだね？　面白いの。ふふっ。ちゅぶ、ちゅぱ、レロロ～……」

と、フェラチオをつづける少女の表情は、実年齢より少し幼く見えるいつもの顔からは想像がつかないほど妖艶に見えた。初体験をしたことで、性に未熟だった小悪魔が一気に成熟してしまった気がする。

「ううっ。夏菜、すごく気持ちいいよっ……お、俺もう……」

修介は、こみあげる射精感をこらえきれずに訴えていた。

初めてのときから比べても、夏菜のテクニックは格段に向上している。おまけに、事前の奉仕の影響もあって、どうにもこれ以上は我慢できそうにない。

ところが、少年があと少しで臨界点を迎えようかというとき。

「か〜な〜〜〜〜。な〜に〜を〜し〜て〜る〜の〜？」

いきなり、怒りに満ちた春菜の静かな声が聞こえてきた。

出入り口のほうを見ると、普段着のシャツとスカートにエプロン姿の少女が、二人のことをにらみつけていた。いつもは穏やかな春菜が、これほど怒りをあらわにした顔を見せるのは珍しい。

さすがに驚いたのか、夏菜もフェラチオをやめて姉を唖然として見つめる。

「春菜、どうして……？」

「な〜んか、夏菜がエッチなことをしている気がしたのよ。それで、様子を見に来てみれば……」

そう言って、春菜が怒りの形相《ぎょうそう》のまま妹をにらみつける。どうやら、以心伝心とでも言うべき双子のシンパシーが働いたらしい。

(ああいう顔をすると、春菜も夏菜に似ていて、やっぱり双子なんだなぁ……って、そうじゃなくて、これはヤバイぞ)

修介は、あお向けの背中に冷たい汗が噴きだすのを感じていた。

もちろん、姉妹はすでにお互いの恥ずかしい姿を見ている。だが、最初から3Pだったのと、行為の途中を目撃したのとでは、相手に与える衝撃も違うだろう。

事実、春菜の背後からすさまじい怒りのオーラが立ちのぼっているのは、エスパーでも格闘の達人でもない少年にも、はっきりと感じられた。

(さ、さすがにこれは、ただですみそうにないかも)

そんな恐怖の予感が、修介の脳裏をよぎる。

しかし、夏菜のほうは姉のすさまじい怒りを目の当たりにしても、グッと唇を噛んでにらみかえしていた。

「……あ、あたしはお兄ちゃんが大好きなんだもん！　大好きな人に悦んでもらいたいって思うのが、なにか悪いの？」

と、ツインテールの少女が、懸命な面持ちで反論を口にする。

妹の言葉がよほど意外だったらしく、今度は春菜が目を大きく見開いた。

「なっ……わたしだって、兄さんのこと好きなのよ！　それなのに、夏菜が兄さんを独り占めするなんて、絶対に許さないんだから！」

エプロン姿の少女が、そう言ってズカズカと夏菜のもとに歩み寄る。

「なによ？　お兄ちゃんのチン×ンは、譲らないんだから！」

ツインテールの少女は、姉に一物を取られまいと竿全体を優しく握る。

「む〜、こうなったら……夏菜、この前は有耶無耶《うやむや》になっちゃったけど、どっちが兄さんを気持ちよくできるか、あらためて勝負しましょう？」

「えっ？　い、いいよ。あたしだって、もう春菜には負けないんだから！」

少年の意思を無視して、双子は勝手に話を進めだした。もっとも、予想外の展開に修介はなす術《すべ》がなく、意思表示をすることすら忘れていたのだが。

「じゃあ、いいわね、夏菜？」

「もちろん。あたしは、先にフェラしてたんだし」

そう言って、二人は左右から一物に顔を近づけた。そして、同時に舌を亀頭に這わせてくる。

「うおっ……春菜、夏菜、そ、それは……ううっ」

あまりの心地よさに、修介は言葉を失ってしまった。

「お兄ちゃん、ジュル、ジュロ……あたしの、んじゅ、舌のほうが、ちゅぶぶぶ……

気持ちいいよね？」

「レロ、レロ……わたしの、んはっ、舌のほうが、んちゅっ、ちゅぱ、ちゅぶ……感じますよねぇ？」

競い合ってペニスを舐めながら、二人が問いかけてくる。

だが、修介は甘美な快感に襲われて、答えることができなかった。口を開いたら、男としてあまりにも情けない喘ぎ声をこぼしてしまいそうだ。

やはり、二枚の舌で同時に奉仕されると、一人のフェラチオとはひと味違った快感がもたらされる。

それに、どちらの舌も気持ちいいため、とても優劣などつけられそうにない。

「ぢゅぷぷ、兄さんのオチン×ン……じゅる、ちゅぱ、ぢゅるるる、おいひいですぅ……んむっ、ぢゅぢゅぢゅぢゅ……」

「じゅぶぶぶ……んはっ、お兄ちゃん、好きぃ。ピチャ、クチュ、はぁっ、チン×ン、ビクってぇ……ぢゅるるる……」

双子の姉妹はお互いに競って、いちだんと熱心に舌を這わせてくる。

「ああっ、出る、もう出ちゃうよ！」

さすがに我慢しきれなくなって、修介はとうとう悲鳴に近い声をあげてしまった。

春菜に見つかって収まりかけたとはいえ、いったんは夏菜のフェラチオで限界近くまで昂《たかぶ》っていたのだ。ダブルフェラの快感で射精感が見るみる甦ってきて、もうこらえられそうにない。

「いいですよ、出して、兄さん。わたしの顔に、またいっぱい出してくださぁい！」

「もうっ。春菜、また抜け駆け！　お兄ちゃんのセーエキ、あたしにも注いでぇ！」

口々に言って、二人が同時に少年の前に並んだ。そして、竿を手で包みこんでしごきだす。義兄をめぐって争っているとはいえ、行動の息がピッタリと合っているのは、さすが双子と言うべきか。

二人の手で一物を優しくしごかれて、修介の射精感はたちまち臨界点を突破した。

「うおっ！　で、出る！」

少年が声をあげるなり、亀頭の先から白濁液が勢いよく発射された。そして、飛びだしたスペルマが双子の顔面に降り注いで、その美貌を汚していく。

「はああっ、これ、熱いですぅぅぅ！」

「きゃふっ！　セーエキ来たぁぁぁ！」

目を閉じつつも、春菜と夏菜は恍惚《こうこつ》とした表情を浮かべながら、スペルマを受けとめる。

大量の精液が出て、修介の腰は自然にヒクヒクと震えていた。もしも立っていたら、へたりこんでいたかもしれない。

やがて精が出尽くすと、双子がゆっくりと目を開けた。

「ああ、すごくいっぱいですぅぅぅ……」

「すごいよ、お兄ちゃん。こんなに出たんだぁ」

双子がそう言いながら、ウットリした表情を見せる。

それから二人は身体を起こすと、競うようにして自分の顔についた精液を手ですくい、舐め取りはじめた。

「んちゅ、ちゅぱ……ぴちゅ、兄さんの精液、濃くてとってもおいしいですぅ」

「じゅぶぶ、ぴちゅ……初めてのときは、変な味って思ったけどぉ……もう慣れちゃった。あたしも、お兄ちゃんのセーエキ大好き。えへっ♪」

春菜と夏菜は、そんなことを言いながら自分の顔についたスペルマを、すっかり綺麗にぬぐい取ってしまった。

「はああ～、この匂い、この味……わたし、我慢できなくなってしまいましたぁ」

春菜が、そう言うなりスカートをたくしあげ、下着を脱ぎ捨てた。普段着の上にエプロンをつけていながら、ショーツだけ脱いだ姿は、想像するだけでかなりエロチックだ。

「兄さん……ああ、わたしのオマ×コ舐めて、兄さんの舌でいっぱい感じさせてくださぁい」

うわごとのように言いながら、春菜が少年を見つめながら顔の上にまたがってきた。

そして、うっすらと濡れた秘部が眼前にひろがるや、口に押しつけられる。

「は、春……んぶっ」

秘部と修介の口がキスをした途端に、ポニーテールの義妹が「んあっ」と甘い声をあげて身体を強《こわ》ばらせた。

短めのスカートがめくれあがったものの、エプロンがちょうど目にかかる格好になったため、修介が秘部をしっかり見るには至らない。

ただ、うっすら生えた恥毛が鼻先に触れて、いささかくすぐったく思える。

「ああっ！　春菜、ズルイよ！」

と、夏菜が抗議の声をあげる。

「夏菜は、わたしより長く兄さんのオチン×ンを味わったじゃない。今度は、わたしの番なんだから！」

春菜はそう言って、妹の抗議を一蹴した。

「兄さん、早く舐めてください。わたし、もう我慢できないんですぅ」

あらためて、ポニーテールの少女が訴えてくる。事実、彼女の秘部からは、すでに蜜がそこそこ染みだしていた。それだけ、彼女が興奮している証拠だろう。

とにかく、この体勢で「舐めて」と言われては、従う以外の選択肢はあり得ない。

「んむっ……レロ、レロ、レロ……」

修介は口を開けると、舌を陰唇に這わせた。

「ふああぁあっ！　兄さんの舌ぁぁ！　ひゃんっ、オマ×コに這ってぇぇ！　ひうっ、いいですぅ！　あんっ、それ気持ちいいのぉぉぉ！」

と、春菜がたちまち甲高い喘ぎ声をあげて、全身を震わせる。

その声を聞きながら、女性器の芳香と蜜を味わっているうちに、修介は射精でいったん収まりかけた興奮が、たちまち甦ってくるのを感じていた。

（春菜の可愛い喘ぎ声を、もっと聞いていたいな）

そんな欲望を抑えきれなくなり、少年はいちだんと激しく舌を動かした。

3　いもうと騎乗位

夏菜は、またしても姉に先手を取られてしまったことに、悔しさを抱かずにはいられなかった。

いつものように義兄を起こしに行ったとき、春菜を出し抜いてフェラチオ奉仕をしはじめたまではよかった。だが、まさか料理中の姉に行為を察知されてしまうとは。

（双子って、こういうとき不便でイヤだなぁ）

と、しみじみ思ってしまう。

もっとも、そうしたシンパシーのおかげで、初めてのとき春菜の決意を直感して自分も行動できたのだから、お互い様なのかもしれない。

ただ、いつもは真面目な姉が、義兄に陰唇を舐められて喘いでいる姿を見ていると、なんとも口惜しくてたまらなかった。

（あたしだって、お兄ちゃんにオマ×コ舐めてもらったり、チン×ン入れてもらったりしたいんだよぉ！）

初体験から数日経つが、未だにペニスが奥まで入った感触が身体に残っている気がする。その感覚が、フェラチオをしていたことでますます強く甦ってしまったのだ。

不思議なことに、痛かったことはほとんど思いだされない。心に残っているのは、快感と絶頂で味わった幸福感だけだ。

（ああ……あたしも、オマ×コがうずいちゃって……お兄ちゃんに、愛撫してもらいたいよぉ）

そんな思いが、夏菜の心にこみあげてくる。

ただ、さすがにまだ一物を挿入するには、秘部の濡れ方が足りていないのは明らかである。今の時点で無理に挿入したら、快感より痛みが勝るのは直感でわかった。

しかし、義兄は春菜の秘部を舐めるのに、すっかり夢中になっている。とてもではないが、他のことに手を出す余裕はなさそうだ。

(どうしようかなぁ?)

と考えたとき、夏菜は屹立したままの肉棒に目をつけた。女性器を舐めている興奮からか、派手に射精したあとだというのに、すでに亀頭の先からは透明な先走り汁が新たに溢れだしている。

また、春菜は反対側を向いて義兄から与えられる快感を貪っているため、肉棒にまるで注意を向けていない。

(そうだ。いいこと、思いついちゃった)

閃きを得た夏菜は、スカートとショーツをいそいそと脱ぎ捨てた。そして、Tシャツ一枚の格好になると義兄の腰にまたがり、一物の裏筋に陰唇を押し当てる。

「んっ……んっ……」

軽く腰を振ってみると、予想通りに陰唇がいい具合に一物で刺激されて、快感が押し寄せてきた。

「んんっ、ふああっ、これぇ、気持ちいいぃぃぃ!」

「んぶぅっ……んぐぐぅぅぅっ」

夏菜が動きだすなり、クンニ中の修介がくぐもった呻き声をあげた。どうやら、彼もかなりの快感を得ているらしい。

「ああっ！　か、夏菜、んあっ、ズルイぃぃ！　ふあっ、兄さん、そこぉっ！」

春菜がどうにか振り向き、文句を言ってにらみつけてきた。しかし、義兄の舌の動きが乱れて予想外の快感がもたらされたらしく、声にまるで迫力がない。

「ふはっ、んんっ……オマ×コぉ……んはっ、チン×ンこすれてぇ……あひっ、いいのっ、ああっ、いいのぉぉぉ！」

夏菜は、姉を無視してさらに腰の動きを大きくし、陰唇を一物でこすりつづけた。

（あたし、すごいことしてるぅ！　セックスじゃないけど、お兄ちゃんのチン×ンをオマ×コにこすりつけて、エッチな汁をいっぱい溢れさせて……ホントは、こんなことまでするつもりじゃなかったのにぃ）

本来なら、今朝はフェラチオ奉仕だけですませるつもりだった。しかし、ダブルフェラをしたうえに、春菜の媚態を見せつけられているうちに、自身も性欲を抑えられなくなってしまったのだ。

次第に子宮のうずきが大きくなり、秘部から溢れる愛液の量が一気に増してきたのが自分でもわかる。

「じゅるる……ぺちゃ、ぐちゃ……じゅば、ちゅぶぶぶ……」

修介が、いちだんと激しい音をたてて春菜の陰唇を舐めあげる。

「ああああっ！　兄さん、舌をそんな……ひうっ、オマ×コ、きゃふうっ、か、感じすぎてぇ！　あひいぃぃぃぃぃぃん！」

　春菜が、なんとも甘い声をあげて身体を震わせる。

　夏菜の位置からは顔がほとんど見えないものの、その言動だけで彼女がかなり感じているのはわかる。

（ああ。チン×ンが、ますます硬くなってぇ……）

　ペニスの感触を陰唇で感じ、姉の淫らな後ろ姿を見つめているうちに、夏菜も次第に我慢できなくなってきた。秘唇から愛液がしとどに溢れ、もう肉棒も全体が蜜で濡れそぼっている。

「お兄ちゃんのチン×ン、やっぱり欲しいぃぃ……」

　欲望に支配されて、夏菜はついに腰を持ちあげた。そして、今度は屹立している一物の先端部を陰部にあてがう。それだけで、身体が自然に震える。

「ふあああ……先っぽが当たってぇ……あたし、挿《い》れちゃうよぉ。このまま、自分でチン×ンをオマ×コに挿れちゃうんだからぁ」

　つぶやくように言いながら、夏菜はゆっくりと腰を沈めはじめた。

「んあああああっ！　チン×ンが入ってくるぅぅぅぅ！」

「ああっ、夏菜ぁ！　夏菜が兄さんのチン×ンを、んひいいいいっ、し、舌が、クリトリスにぃぃぃ！」

少し悔しそうな姉の声を尻目に、夏菜はペニスをなかにジワジワと呑みこんでいく。

「太くて硬いぃぃ……チン×ン、ズブズブって進んでくるよぉ。ふあああああ、あたしのオマ×コ、かき分けられてぇ……あんっ、どんどん奥まで来るのぉ！」

声をあげながら、夏菜はついに義兄の上に腰をおろしきった。

奥の奥までペニスがしっかり入りこむと、なんとも満たされた思いが湧いてくる。

「はふう……入っちゃったぁ。んあああ、あたしのなかぁ、お兄ちゃんでいっぱいになってるぅ」

「ふああっ、もう、夏菜ったら……ふひゃっ、い、いつの間に……ああ、そんなに大胆な……ひうっ、ことがぁ……」

股間を刺激されて喘ぎながら、背中を向けている姉が疑問の声をあげる。

「あたし、春菜と双子だもん。根っこは、きっと同じなんだよぉ」

そう答えてから、夏菜は修介の腹に手を置いた。そして、ゆっくりと腰を上下に動かしはじめる。

「あっ、あん！　来てる！　ひううっ、奥に、ああっ、子宮に届くぅぅぅ！」

鮮烈な快感が脊髄《せきずい》を走り抜けて、夏菜は思わず大きくのけ反った。初めてのときは、快感のなかにもやや痛みが残っていたが、今は純粋な気持ちよさしか感じない。

（セックスって、やっぱりすごく気持ちいいよ！　あたし、とっても幸せぇ！）

そう思うと、もう歯どめが利《き》かなくなってしまう。

「あん、あんっ、これっ、ひうっ、いいっ！　あふっ、腰がっ、腰がっ、ああっ、とまんないぃぃぃぃぃぃぃ！」

夏菜は本能の赴くままに、腰を上下前後左右に振って快感を貪った。

「むうっ。兄さん、もっと舌を動かしてください。わたしも、いっぱい気持ちよくなりたいんですっ」

と、春菜がむくれたような声をあげた。どうやら夏菜が動きだしたことで、義兄の舌の動きがすっかりおろそかになっていたらしい。

「んぶっ……じゅるる……ぐちゅ、じゅぶ、じゅば、レロ……」

と、少年が声をもらしながら、クンニリングスを再開する。

「ああああっ！　それ、いいですぅ！　兄さん、舌が……あうっ、く、クリトリスに……ひううっ、そこっ、気持ちいいのぉ！　はぁぁぁんっ！」

再び快感を与えられて、春菜が髪を振り乱しながら喘ぐ。

（春菜の感じてる横顔、やっぱりすごくエッチで……あたしも、あんな顔をしてるのかな？）

そう思うと、身体がますます熱くなってくる。

「んっ、んんっ、お兄ちゃん、あああっ、お兄ちゃん、チン×ン、ふあっ、ビクビクって……あたしも、気持ちいいよぉ！」

夏菜は、いちだんと腰の動きを大きくしていた。

「ひううっ！　わ、わたし、そろそろぉ！」

不意に、春菜の声のトーンが跳ねあがった。どうやら、限界が近いらしい。

もっとも、夏菜のほうもそろそろエクスタシーを迎えそうな気配を感じていた。子宮の熱が限界まで高まり、もういつ爆発してもおかしくない。

また、修介の肉棒も少女のなかでヒクつき、射精間近なことを訴えている。

「お兄ちゃん、出してっ！　ああっ、またあたしのなかに、ふあっ、いっぱいセーエキ出してぇ！」

夏菜は、腰の動きを上下の小刻みなものにして、少年の射精をうながした。

「ひあああっ！　わたし、もう……ダメえええぇぇぇぇぇぇぇぇぇぇぇぇぇ！」

春菜がエクスタシーの声をあげ、大きくおとがいを反らした。

それに合わせたかのように、ペニスから精液が飛びだして、少女の膣内を見るみる満たしていく。

「き、来た……あああっ、あたしもっ、イクうううぅぅぅぅぅぅぅぅぅぅぅぅぅぅ!!」

射精の瞬間に、夏菜も絶頂に達して絶叫していた。

大量のスペルマが膣内にひろがっていくのが、しっかりと感じられる。

（熱いセーエキ……あたしのなかにいっぱいでぇ……お兄ちゃんと一緒にイケて、すごく幸せだよぉ）

初体験のときと同様に、少年と一緒にエクスタシーを迎えられた悦びに、夏菜は身体を大きく震わせていた。

4 潜望鏡

「疲れた……」

夜、修介は内風呂の湯船に浸かりながら、思わずボヤいていた。

銭湯の運営を再開して、間もなく一週間。

内風呂が当たり前になった昨今、夏場に来る客など、よほどの銭湯好きか風呂なしの安アパートなどに住む住人くらいだ、と修介たちは予想していた。

まして、子供たちだけで深夜まで開けておくのは無理なので、今は営業時間を昼から夜八時までにしている。はっきり言って、儲けることなどまるっきり考えていなかった。

ところが、いざオープンしてみると、事前の予想に反して日を追うごとに客数が伸び、今やてんてこ舞いの毎日だ。しかも、客層は圧倒的に若い男性が多い。

どうやら、ネットで「双子の美少女が『はなの湯』の番台（フロント）にいる」という噂が、加速度的にひろがっているらしい。しかも、春菜と夏菜がフロントをしていると知るや、二人の親衛隊の面々まで銭湯に客としてやってきていたりする。

おかげで、今や「はなの湯」は、両親がやっていた頃とは比較にならないほどの繁盛ぶりを見せていた。

ただ、客の増加に合わせて浴場の汚れなども当然増えて、掃除の手間もかかるようになる。さすがに、せっかく汗をかいて掃除をしたあとに銭湯を使いたくないため、こうして内風呂を使っているのだ。

「それにしても、お客が増えたのはいいんだけど……はぁ～」

修介は、ついついい大きなため息をついていた。

とにかく、男性客の多くが仕事中の春菜や夏菜をナンパしようとしたり、一緒に写真を撮りたがったりするのが、目下の悩みの種である。

双子もかなり迷惑しているようだったが、さすがに客を邪険にもできずに、デートの誘いなどをやんわりと断るのが精いっぱいの様子だ。そんなことがつづいているため、やや業務にも支障が出てきている。

ただ、そういう事情もあったが、修介は義妹たちがモテモテの姿を目の当たりにするのが、どうにも面白くなかった。

もちろん、モテるのは二人がそれだけ魅力的だ、ということである。しかも、すでに自分はそんな彼女たちと肉体関係まであるのだ。本来なら、双子の人気を誇りに思う、精神的な余裕があってもいいはずだ。

実際、銭湯を再開するまでは、自分でもそう思っていた。

ところが、いざ春菜と夏菜が次々と男たちに声をかけられているのを目の当たりにすると、どうにも気持ちが落ち着かない。ましてや、彼女たちが営業スマイルとはいえ他の男に対して笑顔で応対していると、なおのこと不快な気分になってしまうのだ。

(俺って、こんなに心が狭かったんだ)

そう思うと、つい自己嫌悪に陥る。

おまけに、双子が客の応対で手いっぱいになると、諸々の雑務の負担が一気に修介のほうに押し寄せてくる。ましてや、圧倒的多数が男性客なので、営業時間中の男湯の諸々《もろもろ》は少年がやらざるを得ない。もしも、春菜や夏菜に男湯のことをやらせたら、それだけでパニックになるのは必至だろう。

修介は、営業を再開するまで、どうせ暇なのだから銭湯の仕事を覚えられればいい、という程度に思っていた。だが、現実はそうもいかず、一日が終わるとグッタリと疲れ果ててしまう。そんな日が、このところ毎日つづいていた。

しかし、明日はようやく銭湯の定休日である。

「はぁ〜。やっと、少しゆっくりできるなぁ」

天井をあおぎ見ながら、修介はつぶやいていた。怠け癖がすっかりついていた身としては、あくせく働くのはなかなかつらい。

(けど、銭湯を継いだら、ちゃんと働かなきゃいけないんだよな)

果たして、自分に銭湯の営業などできるのか、という不安を今さらながらに感じる。

(そんな日が、いずれは来るのかぁ。そのときに、俺は春菜と夏菜と一緒にいられるのかな?)

などと考えていると、いきなり風呂場のドアが開けられた。そして、バスタオル姿の春菜が入ってくる。

「は、春菜!?」

修介が驚きのあまり素《す》っ頓狂《とんきょう》な声をあげると、春菜は人差し指を立てて自分の口に当てた。

「しっ。夏菜に気づかれちゃうじゃないですかっ」

ややキツイ口調で言われて、少年も思わず口を押さえてしまう。

「なにしに来たんだよ、春菜?」

と、今度は小声で問いかける。

「もう。そんなの、決まってるじゃないですかぁ。兄さんのい・け・ず♪」

そう言って、春菜が楽しそうな表情を見せる。

もちろん、すでに肉体関係のある少女が裸で風呂に入ってきたのだ。彼女がどういうつもりなのか、想像するのは容易い。

「だ、だけど、そんなことをしたら、また夏菜が……」

過去の例から見ても、この双子のシンパシーはなかなか侮れない。春菜が単独でこんなことをしようとしても、すぐに妹のほうが気づいて乱入してくるのではないか、という気がする。

だが、春菜はイタズラを成功させた子供のような笑みを浮かべた。

「ふふっ。実は夏菜、もう寝ちゃったんですよ。だから、きっと大丈夫です」

「なるほど……って、それもそうだけど、いったいどういうつもりなんだよ、春菜？」

本質を知った今となっては、ポニーテールの少女の日頃の言動からは想像もつかない大胆さに、いちいち戸惑ったりはしない。ただ、彼女の行動原理がまるで読めないことには、さすがに困惑を禁じ得なかった。

すると、春菜が不満そうに唇を尖らせた。

「だってぇ。銭湯を開けてから忙しくて、兄さんとちっともエッチできてないじゃないですかぁ」

どうやら、彼女もかなり欲求不満が溜まっていたらしい。

実際、銭湯を再開してからの一週間は、セックスどころではなかった。また、朝からいきなり体力を消耗しないよう、双子にはお目覚めフェラ禁止令を出している。

なにしろ、二人にされるとほぼ確実に二発以上精を出す羽目になり、スッキリどころではなくなってしまうのだ。そのあとに肉体労働など、とてもやっていられない。

ただ、修介自身もセックスの快感を知ってしまったため、一週間以上の禁欲生活がかなりつらかったのも間違いなかった。正直、そろそろ欲望を発散しないと夢精しかねないくらいだ。

(だけど、まさか春菜のほうから来るなんて……)

初体験のあとにも思ったことだが、両親というカセがないときの彼女の大胆さは、もはや驚くと言うより呆れると言ったほうがいい。

すると、ポニーテールの義妹がすべてを見透かしたような笑みを口もとに浮かべた。

「それに……兄さん、わたしたちが他の男の人と話していると、なんだかちょっと不機嫌そうだったじゃないですかぁ」

(ゲッ。春菜、気づいていたんだ)

一応、表情や態度に出さないように気をつけていたつもりなのだが、彼女の目は欺けなかったらしい。

自分の心の狭さまで見抜かれた気がして、さすがに少しショックを受けてしまう。

するとと、春菜が近づいてきて、湯船に浸かっている少年に抱きついた。

「大丈夫ですよ。わたしは、兄さんだけ……兄さん以外の男の人になんて、ちっとも興味ないいんですから……」

少女が修介の首に腕をまわし、ささやくように言う。

彼女の一途な言葉に、修介の胸は自然に熱くなった。

「春菜……」

「兄さん……」

少年は、春菜と見つめ合った。美少女に潤んだ瞳で見つめられると、彼女と一つになりたいという気持ちが自然に高まってくる。

おそらく、同じ気持ちだったのだろう、少女は修介に顔を近づけると目を閉じた。

それから、どちらからともなく唇を重ねる。

「ちゅっ……ちゅぷ、ちゅぷ……」

春菜が可愛らしい声をもらし、浴槽を挟んで少年の唇をついばむ。

(ああっ、なんて可愛いいんだ!)

そんな思いとともに欲望を抑えられなくなり、修介は義妹の口に舌をねじこんだ。

「んむっ……んぐううう……じゅぷ、じゅぐ……ちゅぱ……」

と、春菜が声をもらしながらも、自ら舌を絡めてきた。それに応じるように修介も舌を動かして、淫らなチークダンスを踊らせる。

「ちゅぷ、じゅぷぷ……ぐちゅ、ちゅぱ、ぢゅぢゅぢゅ……」

舌が絡み合うと、淫靡《いんび》なステップ音が口からこぼれだし、接点から快感がもたらされて興奮がさらに高まってくる。

また、浴槽を挟んで義妹とキスをしている、というのもなかなかそそるシチュエーションだ。そんなことを思うと、ペニスがいつの間にやらすっかり勃起していた。

「ぷはあぁぁ……兄さん、わたしもお風呂に入りますねぇ」

春菜は唇を離すとそう言って、少年の返事も聞かずに向かい合う形で湯船に入ってくる。一人で肩まであったお湯が、二人の入浴でザパーッと音をたてて一気に溢れた。

そして、排水溝へと流れこんでいく。

いくら春菜がやや小柄とはいえ、さすがに内風呂の浴槽に二人で入るとかなり狭さを感じた。

(だけど、春菜とこの風呂に入るのなんて、何年ぶりだろう?)

こうして一緒の風呂に入っていると、ついそんな思いが湧きあがる。小さい頃は、よく双子と三人で風呂に入っていたが、性を意識するようになってからはさすがにそういうこともしなくなっていた。

「やっぱり、ちょっと狭いですね」

などと言いつつ、春菜が少年の腰に手をまわしてきた。そして、腰を持ちあげようとする。

「な、なんだよ？」

「いいから、腰をあげてください」

いったいなにをしたいのか、という疑問を抱きながらも、修介は義妹の指示に従う。するると、春菜は自分の足を少年の体の下に入れてきた。さらに彼女は、修介の両膝を浴槽の縁に乗せる。

この体勢だと、腰が水面ギリギリまで浮いて、ペニスが少女の顔の前に来ることになる。

「うふふ……兄さんのオチン×ン、もうこんなに大きく……また、お口でしてあげますねぇ」

そう言って、春菜がためらう様子もなく目の前のペニスにしゃぶりついた。

「んぐ、んむ……んじゅじゅ、ちゅぱ、ちゅぶぶぶ……」

少女は水面に顔をつけるような大きなストロークで、一物に刺激を送りこんできた。

「うはぁっ！　そ、それ……くうっ」

あまりの心地よさに、修介は声をもらして自然に自ら腰を浮かせてしまう。

（こ、これって確か、潜望鏡って言ったっけ？）

ネットなどを漁って見つけた動画ファイルのなかに、こんなプレイがあったはずだ。

「ぷはぁ。兄さぁん、気持ちいいですかぁ？」

口を離して、春菜が聞いてくる。

彼女の問いに、修介は「あ、ああ……」と小さくうなずくしかない。

「ふふっ、嬉しいです。じゃあ、わたしのお口でぇ、もーっといっぱい気持ちよくなってくださぁい」

媚びるように言って、少女は一物に手を添えると裏筋や亀頭を舐めまわしはじめた。

「ペロ、ペロ、レロロ～……ふはぁっ。オチン×ン、んふっ、おいしいですぅ……ちゅぢゅ、ジュププ……じゅる、ちゅろ……」

ことさら音を出しながら、春菜は肉棒を本当においしそうに舐めまわす。そして、また深々と咥《くわ》えこんだ。

「んっ、んっ……ぢゅちゅ、ちゅぶぶぶ……じゅぶ、じゅぶ……」

ポニーテールを揺らしながら、少女は唇で熱心に一物をしごく。

（くうっ！　実際にされると、なんだか普通のフェラとちょっと違う感じで……）

修介は、完全に春菜のなすがままになりながら、そんな感想を抱いていた。

潜望鏡の動画を見たときは、単なるフェラチオの変形程度にしか思わなかった。また、実際にしてみると、浮力で体にあまり負担はかからないものの、腕を動かすとバランスを崩して湯船に頭ごと落ちそうな不安定さがある。

ただ、こんな格好で女の子に奉仕をしてもらっていることに、激しく興奮するのも事実だった。同じセックスでも、たとえば正常位でするのと後背位でするのとではなんとなく違う興奮があるのと、よく似た現象なのかもしれない。

（そ、それにしても……春菜のヤツ、なんでこんなことを知っているんだろう？）

という疑問が、あらためて修介の脳裏をよぎった。

もしかすると彼女は、エロ本だけでなく、修介がパソコンのハードディスクに保存しているエロ動画まで、こっそり見ていたのかもしれない。

（そうだとしたら、さすがに恥ずかしいぞ）

その手のファイルの入ったフォルダには、あとで念のためパスワードでも設定しておいたほうがいいかもしれない、という気がする。

「れろ、ちゅぶぶ……ぷはっ。うふふっ、兄さんのオチン×ンの先から、透明なのが出てきましたぁ」

少年の戸惑いと疑念をよそに、口を離した春菜がなんとも嬉しそうに言う。

その表情には、普段とは違う妖艶さが漂っていた。体型はいささかスレンダーながら、こうしている姿は成熟した女性という感じがする。

さらに春菜は、鈴口の先端に舌を熱心に這わせはじめた。

「レロ、レロ……ふはっ、兄さん、出してくださぁい。ちゅぶ、ちゅぱ、わたしのお口に、ちゅるるる、兄さんの……」

だが、少女の言葉を遮るように、いきなり浴室の引き戸が乱暴に開けられた。

目を向けると、そこには半袖パジャマ姿の夏菜がいた。

「春菜、お兄ちゃん、なにやってんのさ!?」

と怒鳴り声をあげ、ツインテールの少女が浴室にズカズカと入りこんでくる。彼女は、ただでさえ吊り目がちな目をさらに吊りあげ、二人をにらみつけていた。

「な〜んか、変な感じがして目が覚めたから、ちょっと様子を見に来てみれば……」

どうやら春菜の予想に反し、またしても双子のシンパシーが働いてしまったらしい。

やはり、この二人の間でお互いを出し抜くというのは難しいようだ。

「まったくもうっ。春菜、前は『兄さんを独り占めしようとした』なんて文句を言ってたくせに！」

と、夏菜が姉に食ってかかる。

だが、春菜は平然とした顔をして、一物から手を離そうともしなかった。

「それはそれ、これはこれよ。わたし、身体がうずいて我慢できなくなっちゃったんだもの」

「むうっ。あたしだって、お兄ちゃんのチン×ンが欲しかったんだよ！　だって、ずっと忙しくてエッチできなかったし」

と言って、夏菜が頬をふくらませる。

それぞれに欲求不満を溜めていたとは、こういうところもさすが双子と言うべきか。

二人がにらみ合って、目に見えない火花を散らしはじめる。

しかし、潜望鏡プレイがとまったことで、今度は射精寸前まで昂《たかぶ》っていた少年のほうが、フラストレーションを溜める羽目になってしまった。

「わかったよ。じゃあ、また三人でしよう」

これ以上、グチャグチャと揉める前に、修介は先手を打って提案した。

現状、どちらを選んでも、もう片方から不満が出るのは自明の理だ。それならば、大変でも二人まとめてしたほうが、まだすべて丸く収まる気がする。

「は～。本当は、兄さんと二人きりがよかったんですけど……仕方がないですね」

「それじゃあ、またあたしたちを一緒に可愛がって、お兄ちゃん」

にらみ合っていた春菜と夏菜も、そう言って少年の言葉に同意する。もしかすると、二人も本当はもう3Pをするしかない、とわかっていたのかもしれない。

(こうなったら、本気でやるしかないや)

と割りきった修介は、浴槽の縁から足をおろして立ちあがった。

「じゃあ、部屋に……」

「あんっ。どうせなら、ここでしちゃいましょうよぉ」

少年がすべてを言いきる前に、春菜が口を開いた。

「そうだね。銭湯じゃなくて、ウチのお風呂場でっていうのも面白いかも」

夏菜もそう言いながら、いったん脱衣所に戻ってそそくさとパジャマを脱ぎだす。そして、ツインテールの少女は一糸まとわぬ姿になり、再び浴室に入ってきた。

春菜も風呂を出て、妹と並んで立つ。

(へぇ。やっぱり、双子なんだなぁ)

並んだ二人をあらためて見比べて、修介はついそんなことを思っていた。

肉づきに違いはあるものの、淡い陰毛の生え方などは二人ともそっくりだ。もしも、写真で性器の周囲だけを見せられたら、おそらくどちらがどちらかわからないだろう。性格や体型は好対照だが、こうして見るとそっくりなパーツがけっこうあることが、よくわかる。

「じゃあ、まず兄さんが椅子に座ってください」

という春菜の指示に、修介は素直に従った。

内風呂は銭湯ほど広くないので、さすがに三人も入ると室内がかなり狭くなる。少年が座ることで、双子も動きやすくなるのだろう。

「じゃあ、いいわね、夏菜?」

「うん。わかったよ」

それだけ会話を交わすと、春菜と夏菜はボディスポンジに石鹼をこすりつけて泡立てはじめた。そして、泡を競うようにすくい取ると、少年の前にひざまずく。

二人の美少女は、泡まみれの手を同時に勃起した分身へと這わせてきた。以心伝心で通じ合っているのか、双子はなんの相談もしていないのに、まったく同じ行動をしてくる。

「くっ……ううっ……」

勃起したモノに二人の手が這った瞬間、修介は思わず声をもらした。先ほどまで春菜の口で愛撫されていたせいか、泡まみれの手で触れられただけで想像以上の快感が背筋を駆けあがる。

「お兄ちゃんのチン×ン、すごく硬くなってるね。んしょ、んしょ……」

「ふふっ、わたしがあんなことしてたから……はあ～、これ素敵ですぅ」

と言いながら、二人はペニスをしごきはじめた。すると、たちまち一物が石鹼の泡にまみれていく。

クチュクチュと音をたてながら、春菜と夏菜が肉棒を手で愛撫しつづける。

双子の動きは、実に息が合っていた。春菜が先端をこすれば、夏菜が下をしごいたり陰嚢《いんのう》を弄りまわし、そうかと思えば素早く担当箇所を交代する。

その見事なコンビネーションのおかげで、修介はまるでペニスに何匹もの軟体動物が這っているような錯覚に陥っていた。

（そ、それにやっぱり、これってすごい光景だよな）

前にも似たような状況は経験しているが、双子が前にひざまずいて一物に奉仕をしてくれているさまは、それだけで少年の興奮をあおり立てた。まるで、自分がハーレムの王にでもなったような気がしてくる。

たちまち、先ほどの潜望鏡プレイで昂《たかぶ》っていたものが、少年のなかに甦ってくる。

「ああ、兄さんのオチン×ン、ビクビクしてぇ」

「お兄ちゃん、いいよっ。いっぱい出してぇ！」

と言いながら、二人の手の動きがいちだんと速まった。それでも、ちゃんと呼吸が合っているのはさすがと言うしかない。

「うあああっ！　お、俺、もうっ！」

我慢の限界に達した修介は、双子に向かって勢いよく精を噴きだした。

「ひゃんっ！　セーエキ出たぁ！」

「ああっ！　兄さんの精液ぃ！」

悦びの声をあげ、双子は目を閉じながら精液のシャワーを浴びる。

大量の精の放出で、春菜と夏菜の頭から顔面までが、たちまちスペルマまみれになった。それでも、二人はウットリした表情を見せている。

やがて射精がとまると、双子はほぼ同時に目を開けた。

「はぁ～。お兄ちゃん、すごいいっぱい出したね？」

「熱くてネバネバ……ふふっ、素敵なシャワーですぅ」

そう言いながら、二人は自分の顔についたものを手ですくって口に運んだ。

「ペロ、ペロ……やっぱりこの味、クセになっちゃいそうだよぉ」

「ちゅる、ちゅる……わたし、もう大好きになっちゃったわ。だって、兄さんの精液だもの」

白濁液を舐めながら、夏菜と春菜がそんなことを口走る。

その妖艶な姿に、修介は自然に興奮を覚えてしまう。

「さぁ、それじゃあ石鹸まみれのオチン×ンを綺麗にしましょうね」

「あたしも、洗ってあげるねっ、お兄ちゃん」

双子はそう言うと、シャワーで精液と石鹸を洗い流し、手で肉棒をこすりはじめる。

だが、その手つきは洗うというより、少年の勃起を回復させるためのもののようだ。

シャワーでペニスの精液と石鹸を洗い流すと、春菜と夏菜はコックをひねってお湯をとめた。そして、修介のことを潤んだ目で見つめる。

「今度は、兄さんがわたしたちにしてください」

「お願いね、お兄ちゃん」

双子が立ちあがり、浴槽にフタをしてその上に座って足をひろげる。

生々しい二つの陰唇が眼前に曝けだされ、修介は思わず見入っていた。

シャワーを出していたため、すでに夏菜も下半身が濡れている。そのため、陰唇を濡らしているものがお湯なのか愛液なのか、判別がつかない。

修介は誘蛾灯に誘われた虫のように、フラフラと立ちあがった。そして、両手を使って、二人の陰部に指を這わせる。

「ふあああっ、また、また兄さんの指がぁ！」

「あああんっ！　お兄ちゃん、それいいっ！」

軽く触れただけで、二人の口から喘ぎ声がこぼれでた。

案の定と言うべきか、ついさっきまで潜望鏡プレイなどしていた春菜のほうが、秘部はやはりよく濡れている。しかし、夏菜の陰唇も触った瞬間から、ほんのりと湿っていた。これがお湯でないことは、感触ですぐにわかる。

「夏菜、もしかしてずっと興奮してたのか？」

指を動かしながら聞くと、ツインテールの義妹は喘ぎながらも小さくうなずいた。

「う、うん。ふあっ、春菜がお兄ちゃんに、んくぅっ、エッチなことしてるの……あんっ、感じたときから、ふあっ、お……オマ×コ、キュンキュンってなってぇ……

あはぁぁんっ、身体が熱くなっちゃったからぁぁ！」

やはり、姉の興奮が夏菜にもしっかりと伝わっていたらしい。

いちだんと昂《たかぶ》った修介は、ほぐすように双子の陰唇を撫でまわした。

「ああっ、それっ！　ひうっ、指ぃ、気持ちいい！　け、けど、んふう、指、ああっ、もっと奥に欲しいぃぃぃ！」

「はううっ、わたしもぉ！　あんっ、もっと欲しいですぅ！　指、ふあっ、オマ×コに入れてくださいぃぃぃ！」

夏菜と春菜が、切なそうに訴えてくる。

そのリクエストに応じて、修介は二人の秘部のなかに指を一気に沈みこませた。

「あああっ！　兄さんの指が、ひうっ、なかにぃぃぃ！」

「きゃうううっ！　来た、なかに来たよぉぉぉぉ！」

途端に、春菜と夏菜が嬌声をあげる。

甲高《かんだか》くも甘い声を聞きながら、修介は指を動かして秘肉をかきまわしはじめた。

「ひゃふううぅっ！　オマ×コ、かきまわ……きゃふっ、感じちゃうぅぅ！」

「あああっ！　それ、あんっ、いいです！　もっと、もっとしてくださいぃぃ！」

指の動きに合わせて、双子が喘ぎながら身体をのけ反らせた。そんな喘ぎ声のハーモニーが、なんとも耳に心地いい。

調子づいた修介は、指をさらに奥へと進め、膣内に入れた。

「かはああっ！　兄さんの指が、ああんっ、オマ×コのなかにぃ！」

「あああっ！　お、お兄ちゃん、んんっ、そこまで指入れるのぉ？」

双子が、悦びとも戸惑いともつかない声をもらす。

「ちょっと、試したいことがあるんだ」

そう声をかけて、修介は指の腹でヴァギナの感触を確かめながら、じっくりと内部をかきまわしはじめた。

「ひっ、あうっっ、指っ、オマ×コの、ああっ、なかぁ……んはあっ、か、かきまわされてますぅぅ！」

「お兄ちゃ……はああんっ、そこっ、はうっ、指が、チン×ンと違って……ふあっ、なんか変だよぉ！」

だが、修介は双子の訴えにあえて耳を貸さず、指の腹に伝わってくる感触を頼りに、膣内のある一点を探しつづけた。

「ああっ！　兄さん、オマ×コ、んんっ、グリグリってぇ！　ふあっ、そん……きゅふうう、気持ちいいですぅ！」

「ひゃんっ、あたし、ああっ、あたしぃ！　きゃふっ、おかしくなるよぉぉぉ！」

双子の喘ぎ声を聞きながら、さらに慎重に指を動かしつづける。すると、間もなく膀胱《ぼうこう》側のほうに、他とは少し違うザラッとした箇所が見つかった。

「ひううううぅっ！」

「きゃひいぃいぃいぃ！」

修介がそこに触れた瞬間、春菜と夏菜が同時に甲高い声を張りあげた。

(ここが、二人のGスポットなのかな？)

そう思って、もう一度こすってみる。

「あひいぃいぃっ！　な、なに、そこぉぉぉ？」

「それっ！　身体がしびれちゃいますぅぅぅ！」

二人は、身体をビクビクと震わせて、今までより一オクターブ高い喘ぎ声をもらす。

この反応具合から見ても、ここがGスポットなのは間違いないだろう。

(二人とも、同じ位置にGスポットがあるっぽいな。感触も、似てるかな？)

クリトリスに勝るとも劣らないと言われる性感帯の位置は、本来、多少の個人差がある。また、その面の広さも個人によって違いがあると言われている。

だが、こうして比べてみると、春菜も夏菜もほぼ同じ感じがした。膣内の感触は違うのだが、こういうところがそっくりなのは、やはり双子ならではなのかもしれない。

修介は、二人のGスポットをこするように弄りはじめた。

「はひいいぃいぃっ！　そ、そこっ、初めてっ！　ああぁあっ、すごっ……きゃふう

「きゃううぅっ！　こ、怖ひぃぃっ！　ひぐううぅっ！　よしゅぎっ……あた、あたひっ、戻れなくなっひゃうよぉぉぉぉぉぉ！」

悲鳴に近い声を張りあげ、おとがいを反らして双子が激しく乱れる。フタをしていなかったら、今頃は湯船に落ちていたかもしれない。

「ひあっ！　いいっ、いいでしゅっ！　わらひ、ラメになっちゃいましゅぅぅ！」

「あたひっ、きゃふっ、あたひぃっ、もうイクっ！　ああっ、イッひゃうよぉぉ！」

間もなく、二人が切羽つまった声を浴室に響かせた。

修介はGスポットを弄りながら、プックリとふくらんだクリトリスにも軽く触れ、とどめの刺激を与えた。

「ひぃいいぃぃぃぃぃぃ！　あたしっ、イッ……くううううぅぅぅぅぅぅぅ！」

「そこぉぉ！　ひゃうっ！　もうっ、もうっ、ダメえええぇぇぇぇぇぇぇぇぇ！」

二人が大きくのけ反り、同時に透明な液が噴きだして少年の手を濡らす。

どうやら、揃って潮噴きをしたらしい。

「ああっ！　はっ、はっ、まだ、まだ来ちゃうよおおおぉぉぉぉぉぉぉ！」

「きゃふううっ！　す、すごいですっ！　またイキますううううぅぅぅぅぅ！」

夏菜と春菜は、全身をガクガクと震わせながら、いちだんと大きな絶頂を味わっているようだった。実際、ヴァギナが指を痛いくらいに締めつけてきて、二人の快感の大きさを修介に伝えてくれる。

絶頂が収まるのを見計らって、少年は二人の陰唇から指を抜いた。春菜と夏菜は、すっかり放心した顔を見せている。

「はぁ、はぁ……兄さぁん……ぜぇ、ぜぇ……すごいですぅぅぅ」

「ふぅ、ふはぁぁ……あたしぃ……ふああ、もう戻れないよぉぉ」

息を切らして言いながらも、双子が切なそうに少年を見つめてくる。

「兄さん、オチン×ン欲しいですぅ」

「あたしもぉ、チン×ン欲しいよぉ」

と、すぐに春菜と夏菜が口々に訴えてきた。

もちろん修介も、二人の義妹の淫らな姿に興奮し、また同時に責めたいという気持ちになっている。

ただ、風呂場は狭いため、銭湯でしたときのように並べて後背位で挿入するのは、いささか面倒そうだ。

「そうだ。夏菜、床に寝そべってくれ。春菜は、夏菜の上にまたがるんだ」

「あっ……う、うん」

「え？　あ、はい……」

双子は疑問の声をあげつつ、浴槽から降りて少年の指示に従う。すると、二人が抱き合うような格好になった。

「じゃあ、さっきの潜望鏡のお礼で、まず春菜からな」

そう言って、修介はポニーテールの義妹に一物をあてがった。そして、ゆっくりと押しこんでいく。

「ああーっ！　兄さんのオチン×ン、やっと来ましたぁぁ！」

春菜が、嬉しそうな声をあげる。どうやら、肉棒の挿入にもすっかり慣れたらしく、もう苦痛の色はまったくない。

（くううっ……チ×ポが、熱いオマ×コに包まれて気持ちいい……）

挿入しながら、修介も心のなかで呻いていた。

もう何度か経験しているはずなのに、しばらくご無沙汰していたため、ずいぶん久しぶりの感触のような気がする。そのせいか、絡みつくような膣肉の蠢きが前よりも心地よく感じられた。射精していなかったら、これだけで暴発していたかもしれない。

一物が根元まで膣道に包まれると、少年のなかにさらなる欲望がこみあげてきた。

「春菜、動くぞ」

「は、はいぃぃ。兄さん、動いてくださいっ。思いきり突いて、子宮で兄さんをいっぱい感じさせてくださぁい！」

と、春菜が応じながら腰を小さく動かす。すると膣肉が妖しく蠢いて、ペニスに得も言われぬ快感をもたらしてくれる。

その感触に昂った修介は、少女の腰をつかむと思いきりピストン運動をはじめた。

「ああっ、来ましたぁ！　あんっ、あんっ、奥にっ！　きゃううっ、子宮に、あうっ、当たってぇ！　ズンズンって、いいっ！　ひゃうっ、オチン×ン、いいですぅぅ！」

春菜がたちまち甘い声をあげて、ポニーテールを振り乱す。

（ううっ。春菜、なんてエッチなんだ）

体型では妹に劣るものの、春菜は普段のおしとやかさとセックス時の淫乱さのギャップが大きい。それが、修介になんとも言えない興奮をもたらしてくれる。

「あんっ、兄さん、もっとぉ！　はああっ、もっと突いてくださいぃぃ！　兄さんのオチン×ン、あああああっ、わたしのオマ×コに、あふっ、もっとくださぁぁぁい！」

春菜は、まるで少年の興奮をあおるかのように、さらに淫らな言葉を吐く。

「よし。じゃあ、もっとするぞ！」

修介は昂《たかぶ》りに任せて、ポニーテールの義妹のなかをさらに激しくかきまわした。

5 幸せに満ちて

（兄さんのオチン×ン、わたしのなかですごく大きくなって……ああっ、やっぱり兄さんとのセックス、とっても気持ちいいぃぃぃ！）

春菜は、義兄のペニスを久しぶりに迎え入れた悦びに、身体を震わせていた。

もちろん、何カ月も放置されていたわけではない。ただ、今は性欲を我慢することが処女の頃以上につらく思えてならなかった。

昨日までは、それでも自慰でどうにか発散してきたが、セックスを知った肉体はオナニーでは充分な満足を得られなくなっていたのである。

とはいえ、銭湯の営業が終わると義兄も疲れ果てた様子で、とてもセックスをおねだりできる雰囲気ではなかった。まして、夏菜が一緒では彼の負担も大きい。

そこで、春菜は明日が定休日の今晩が、肉体のうずきを癒す千載一遇のチャンスと考えたのである。そして、妹が早々に寝入ったのを狙って、義兄の入浴中に風呂場へ乱入した。

さすがに、双子のシンパシーで夏菜が目覚め、押しかけてきたのは予想外だった。

だが、それもこうして義兄のペニスを感じていれば、大して気にならない。

「春菜、すごく色っぽいなぁ……」

あお向けになって姉の艶姿《あですがた》を見ていた夏菜が、不意にそんな感想をもらす。それを聞いて、春菜は妹に自分の淫らな姿を正面からマジマジと見られていたことを、今さらながらに思いだした。

夏菜は、なんとも熱っぽい目を向け、瞬《まばた》きをするのも忘れたようにジッと少女に見入っている。

「ああっ、恥ずかしっ……んあっ、夏菜、はう、あんまり、あんっ、見ないでよぉ」

ピストン運動に喘ぎながら、春菜はつい文句を言っていた。しかし、同時に膣が激しく収縮し、ペニスの存在感が一気に増す。

双子の妹に見られていたことをあらためて意識すると、なぜか興奮が自然に高まってしまう。

「よし。じゃあ、次は夏菜の番な」

そう言うなり、義兄が腰を大きく引いた。

（あんっ。兄さんのオチン×ン、抜けていっちゃうぅぅ）

一物が膣から完全に抜けてしまうと、春菜はなんとも言えない喪失感に見舞われた。

（ああ……わたしを満たしていたモノがぁ）

そんな不満を少女が抱いていると、

「ああ。お兄ちゃん、早くぅ……んんっ」

と、夏菜が甘い声をもらす。

四つん這いになっていると、背後の動きはほとんど見えない。だが、修介が妹の秘部にペニスをあてがったのは、今の声でわかった。

「んっ……ふああっ！　来たよっ！　お兄ちゃんのチン×ン、入ってきたぁぁぁ！」

ツインテールの少女が悦びの声をあげて、一物の侵入を春菜に伝える。

「あっ、あっ、奥まで、あんっ、来るっ！　おっきなチン×ン、あうっ、ズンズンって、子宮に、ひうっ、届くぅぅぅ！」

たちまち夏菜の身体が揺れはじめ、甲高《かんだか》い喘ぎ声を狭い浴場に響かせた。さらに、ヌチュヌチュという淫音も聞こえてくる。

後ろを見るまでもなく、義兄がピストン運動をしているのは明らかだ。

（夏菜が、兄さんに犯されて悦んでる……ついさっきまで、わたしを貫いていたオチン×ンで、夏菜も……）

そう思うと、若干の悔しさがこみあげてくる。できることなら、やはり自分が彼を独占したかった。

（はぁ～。わたしたち、どうして同じ人を……兄さんのことを好きになってしまったのかしら？　やっぱり、双子だから？）

だとしたら、双子に生まれたことが少しだけ恨めしく思えてしまう。

「ふあっ、あんっ、あんっ、お兄ちゃん、いいよぉ！　ひぐっ、そこっ、ああん、強くしてぇぇ！」

夏菜は姉の気持ちに気づいた様子もなく、いちだんと大きな喘ぎ声をあげていた。

その顔には、なんとも妖艶な表情が浮かんでいる。

いつしか春菜は、妹の顔についつい見とれていた。

（ああ、なんてエッチな顔……夏菜が、こんな顔をするなんて。わたしも、同じような顔をしているのかしら？）

そんな思いが、春菜の脳裏をよぎる。

目を開けているときの顔つきは違うものの、寝ているときの顔などは妹によく似ていると言われることがあった。おそらく、快感に喘いでいるときの表情も、似ているのに違いない。だとすると、夏菜が今見せている表情は自分が義兄に貫かれているときの顔とほぼ同じ、ということになるだろう。

（まるで、鏡を見ているような……）

そう意識すると、ますます股間がうずいて我慢できなくなってしまう。

物足りなさを補うため、春菜は妹に顔を近づけてキスをした。

「ちゅっ……ちゅば、ちゅぷ……」

「春……んんっ、くちゅ……んぐぅっ……ちゅば……」

少し驚いた表情を見せながらも、夏菜もすぐに行為を受け入れる。

さらに二人は、どちらからともなく舌を絡ませ合った。すると、呼吸がピッタリ合ってなんとも言えない快感がもたらされる。これも、双子ゆえの気持ちのつながりなのだろうか？

「くっ、締まる……こ、今度は春菜の番だ」

修介がそう言って、腰を引く気配があった。すると、唇をふさがれている夏菜が、

「んんっ」と不服そうな声をもらす。

すぐに、春菜の陰唇に亀頭の先が触れ、ズブズブと入りこんできた。

「んんんんっ！　ふはあああっ！　これぇ！　兄さんのオチン×ン、ふあああんっ、戻ってきたぁぁぁ！」

思わず唇を離し、春菜はそう叫んで身体を震わせた。

一物の挿入で、欠けていたなにかを取り戻したような悦びがこみあげてくる。

肉棒を奥まで挿《い》れると、修介はすぐに腰を動かしはじめた。すると、たちまち快感が少女の背筋を貫く。

「あああっ！　いいっ！　やっぱり、きゃふっ、兄さんのオチン×ンンンン！　ひううっ、気持ちいいぃぃぃ！　はうんっ、はううんっ！」

「春菜も夏菜も、すごくいやらしいな。銭湯に来ているみんなが、おまえたちのこん

な姿を見たら、どう思うかな？」

　ピストン運動をつづけながら、修介がそんなことを口走った。

　夏菜は、破天荒で開けっぴろげな言動が売りだが、春菜は妹の抑え役として生真面目で沈着冷静と見られている。また、親衛隊の面々が自分に清楚で神聖なイメージを持っていることも、彼らの話からわかっていた。

（違うの。本当のわたしは、前から兄さんの部屋のエッチな雑誌なんかをこっそり見て、オナニーをして……今は兄さんのオチン×ンが大好きで、セックスしてもらって悦んでいる、すごくエッチな女の子なのぉ！）

　果たして、自分のことを聖女のように見ている面々が現実の姿を知ったら、どんな反応を見せるだろうか？

（幻滅する？　それとも、興奮するかしら？）

　そんなことを想像するだけで、さらに激しい昂《たかぶ》りが少女のなかにこみあげてくる。

　すると、修介がまたペニスを抜き、夏菜のほうに挿入した。

「あっ、あああっ！　お兄ちゃ……ひうっ、あんっ、あんっ！」

　たちまち、妹が甘い声をあげて喘ぎはじめる。

（ふあああ……やっぱり、オチン×ンが入ってないとなんだか寂しいわ）

　できることなら、ずっと挿入していてもらいたかった。だが、二人でしてもらっている今は、叶わない思いである。

そのとき春菜は、ピストン運動のたびに妹の身体が揺れ、それに合わせて乳房がタプタプと波打っていることに気づいた。あお向けになっているため、あまり目立つ大きさではないが、それでも乳房全体がしっかり揺れている。

（オッパイが、こんなに……）

その動きに目を奪われていると、春菜のなかに無性にムラムラとしたものがこみあげてきた。

「夏菜のオッパイ、羨ましい……んちゅっ」

と、少女はついつい身体の位置を少しだけずらすと、妹の乳首に吸いついていた。

「はひぃぃぃっ！　春菜っ、それダメッ！　ひいっ、やめてぇぇぇぇ！」

夏菜が、悲鳴のような声をあげる。どうやら、ピストン運動中に乳首を弄られると、快感が抑えられないらしい。

だが、揺れるほどのバストサイズを持たない少女は、羨望と嫉妬に駆られて妹の訴えを無視し、乳首を舌で弾くように弄くりまわした。

「あっ、やっ、あたし、ダメッ！　イッちゃう！　ああっ、いやっ！　お兄ちゃんと、きゃふっ、イキたいのにぃぃぃぃ！　はううううんっ！」

快感を抑えきれないらしく、夏菜が涙を流しながらも切羽つまった声を張りあげる。

（兄さんと一緒なんて、そんなの許さないんだから！）

そんな対抗心から、春菜は妹の乳首を甘噛みしてとどめの刺激を送りこんだ。

「ひうううっ！　もう、もうっ！　イッちゃううううぅぅぅぅぅぅぅぅぅぅ!!」

ついに、夏菜がおとがいを反らし、身体を強《こわ》ばらせて絶叫した。

ツインテールの少女は、ビクビクと痙攣《けいれん》をつづけて、やがて四肢を弛緩させる。

「ふあああああ……イッちゃったよぉ……お兄ちゃん、まだだったのにぃぃぃ……」

と、妹が恨めしそうな声をもらして、春菜をにらんできた。だが、エクスタシーを迎えたばかりということもあり、その視線にはまるで力が感じられない。

「じゃあ、最後は春菜でな」

そう言って、修介がペニスを抜いた。そして、春菜に肉棒をあてがう。

「はああ～、来てぇ。早く来てください、兄さぁん」

嬉しさのあまり、春菜はそう言って腰を振っていた。

待ち焦がれていたモノを独占できる悦びだけで、絶頂を迎えてしまいそうだ。

修介が、ゆっくりと一物を突き入れてくる。

「んはあああーっ！　入ってきたぁ！　これ好きぃ！　ああっ、兄さんのオチン×ン、わたし大好きぃぃ！」

内側を押しひろげられる感触の心地よさで、ついそんな言葉が口を衝いて出る。

修介は、いったん奥まで挿入すると、すぐに荒々しいピストン運動をはじめた。

「ああーっ！　来たの！　兄さんのオチン×ン、あんっ、硬くてっ！　ひうっ、大きくてっ！　気持ちいいぃいぃいい！　ああっ、わたしも、もうイキそうっ！」

春菜自身、自分がかなり昂《たかぶ》っているという自覚はあった。しかし、絶頂間際の肉体にあらためて一物を迎え入れた快感は、少女の予想をはるかにうわまわっていた。

もっと長くペニスを味わっていたかったのに、想像以上に早く絶頂感がこみあげてきてこらえられそうにない。

「ああっ！　わたし、もうっ！　あんっ、もっと、はうっ、兄さんを、あんっ、感じていたい……ひうっ、のにぃ！　ああああっ！　もう、我慢できませんんんんん！」

「俺も、そろそろ……くうっ、で、出そうだ」

少女の本能が絶頂へのカウントダウンをはじめると、修介も動きながら苦しそうに訴えてきた。実際、ペニスはかなり張りつめていて、もう少しで射精しそうな気配が春菜にも伝わってくる。

「ああっ、いいですっ、兄さぁん！　あんっ、わたしのなか、ひうっ、兄さんの熱いもので、あはあっ、いっぱいに、ああんっ、してぇぇぇぇぇ！」

その言葉に呼応するかのように、修介が腰の動きを小刻みなものにする。

そして、ほどなく少年の口から「ううっ」と呻き声がこぼれた。

次の瞬間、熱い液体が噴きだして、春菜の膣内を一気に満たしていった。

「はあああっ！　来ましたぁっ！　わたしもっ、イクうううううううう!!」

スペルマで子宮口を激しく叩かれた瞬間に、春菜も絶叫し、頭が真っ白になるような強烈な絶頂に達していた。

「ひゃうううぅぅっ！　まだ、まだ来るのぉ！　きゃはあぁぁぁぁぁん!!」

いったん頂点に到達したと思われた快感の津波は、さらに大きな波をともなって少女をさらに高いところへと押しあげていく。

（すごいっ！　すごすぎるぅ！　こんなに、すごいの、わたし初めてぇぇ！）

鮮烈なエクスタシーに身体を強《こわ》ばらせながら、春菜は精液を膣内でしっかりと受けとめていた。

（ああっ……兄さんの熱い精液が、わたしのなかを満たしていってぇ……）

火傷《やけど》しそうな熱い液体が膣内に満ちると、身体だけでなく心まで幸福感に包まれる。

やがて、最高の絶頂感が消えると、春菜の全身は一気に虚脱していった。腕からも力が抜けて、妹の上にグッタリと倒れこむ。

「はぁっ、はぁっ……」

と息を切らしながら、修介も少女に体重を預けてきた。さすがに、かなり疲れたらしい。

（はあぁぁ……兄さんのぬくもりぃ。わたし、今とっても幸せぇ）

ずっとこうして一つになっていられたら、という思いがあらためて春菜の心に湧きあがる。

だが、そんな幸せな時間は長くつづかなかった。

「お兄ちゃあん、春菜ばっかりズルイよぉ。あたしにも、セーエキちょうだぁい」

夏菜が、今なお絶頂の余韻が抜けきらない様子で、なんとも間延びした声で訴えた。

姉が中出しされたのに、自分は精を受けていないことが、よほど悔しかったらしい。

どうやら、夜はまだまだ終わらなさそうだ。

泡天国その3　幼なじみのヌルヌルご奉仕

1　お手伝い志願

「いらっしゃいませ〜！　『はなの湯』へようこそ！」

元気な夏菜の声が、フロントに響く。

今日も開店してすぐ、「はなの湯」には若い男性を中心に客が押し寄せていた。

双子の美少女姉妹がフロントをやっている、という噂がひろがるにつれ、客足はうなぎ登りだった。しかも、男性客の増加に釣られるようになぜか女性客も増え、今や両親がやっていた頃の閑散とした状態が嘘のような繁盛ぶりである。

（こんなことなら、前から春菜と夏菜にフロントをやらせておけばよかったのかも）

と思いながら、修介は今日も男湯の脱衣所や浴場の整理整頓、それに返却された貸しタオルの処理などの雑務に追われていた。

夕方、少年がリネン室に入ってタオルの整理をしていると、「こんにちは」と聞き慣れた声がした。

「あっ……さ、サユ姉、こんにちは」

と、夏菜の少し動揺した声も聞こえてくる。

(沙由里が来た！)

修介は作業を中断し、急いでフロントに顔を出す。すると、入浴セット一式の入ったいつものトートバッグを持った巨乳の少女がそこにいた。

「あっ、修くん。こんにちは」

少年を見ると、沙由里が笑みを見せながら挨拶をしてくる。

「お、おう……」

と応じながら、修介は胸が痛くなるのを禁じ得なかった。彼女の顔を見ると、双子の義妹と何度も肉体関係を持ったことに、あらためて罪悪感が湧きあがってくる。

(ううっ。やっぱり沙由里の顔、まともに見られないや)

すると、そこに二十歳前後の男性客が入ってきた。

「あっ……い、いらっしゃいませ～！　『はなの湯』へようこそ！」

夏菜が、あわてて元気な声を出して客を迎える。

「おっ、今日は夏菜ちゃんかぁ。ラッキー。手ぶらBセットもらえる？」

「はーい。五百五十円になります」

と答えながら、ツインテールの少女は手早くセットを用意した。さすがにもう慣れたもので、その手際は以前と違ってテキパキしている。

ところが、セットを受け取った男は、すぐには脱衣所へ行こうとせず、

「ねーねー、夏菜ちゃん。いつになったら暇になるの？　今度の休みに、俺とデートしようぜ」

と、ツインテールの少女を口説《くど》きはじめる。

（この野郎！　ナンパするなら、俺がいないところでしろよ！）

まるで存在を無視された格好の修介は、さすがに憤《いきどお》りを感じていた。とはいえ、そんなことを理由に客を追いだすわけにもいかない。

口説かれた夏菜のほうはというと、チラリと修介のほうに目を向け、それから営業スマイルを浮かべて、

「えっと、それはぁ……あっ、お客さんだ。ごめんね。そういうの、あたし無理だから。いらっしゃいませ～！　『はなの湯』へようこそ！」

と、新しい客が入ってきたのをいいことに話を打ちきる。

少女を口説こうとしていた青年も、さすがにラチが明かないと思ったのか、肩をすくめてすごすごと脱衣所に入っていった。

「しゅ、修くん、なんだかすごいね。『はなの湯』に、こんなにいっぱいお客さんが来るのを見たのって、わたし初めてかも」

と、沙由里が目を丸くしていた。どうやら、ここ最近の「はなの湯」の評判を知らなかったらしい。

「なんか、ネットで春菜と夏菜の噂がひろがったらしくてさ。このところ、いっつもこんな調子なんだ。ホント、忙しくて参っちゃうよ。おまけに、今みたいに二人をナンパしようとするヤツも多いし」

そう言って、修介は肩をすくめた。

すると、女湯の脱衣所から春菜が姿を見せた。

「兄さん、ちょっと……あっ。さ、沙由里お姉ちゃん……こんにちは」

少年を呼ぼうとした義妹が、一歳年上の幼なじみを確認して、あわてて頭をさげる。

ただ、その表情が妙に強ばって見えたのは、修介の気のせいだろうか？

「春菜ちゃん、こんにちは。すごく忙しそうね？」

「え、ええ。改装前にお客さんが増えて、なんだか複雑ですけど……あっ、さ、沙由里お姉ちゃん、お風呂に入りに来たんですよね？」

作り笑いを浮かべながら、春菜が問いかけた。

「うん、そうなんだけど……」

と、沙由里はなにやら考えこむ仕草を見せる。そして、顔をあげると修介のほうを見た。

「あのっ……しゅ、修くん、わたしも銭湯をお手伝いする！」

あまりにも突然の申し出に、言われたほうが目を丸くしてしまった。

「ええっ？　い、いいよ、そんな……悪いって」

「ううん。なんだか、みんなすごく忙しそうだし、わたしも『はなの湯』の役に立ちたいの！」

沙由里は、断ろうとした少年に対して、さらに勢いこんで追い打ちをかけてくる。

普段の彼女は、控えめで自己主張をしないため、美少女のわりにクラスでも目立たない存在だ。ところが今は、その目に一歩も退くまいとする強い意志を宿らせている。

「て、手伝いなんていいですよ、沙由里お姉ちゃん。わたしたち兄妹だけで、なんとかやっていけますから」

「そ、そうそう。あたしたちだけで充分だから、サユ姉は気にしないでよ」

春菜と夏菜も、なんとか幼なじみの申し出を断ろうとする。

だが、沙由里は首を大きく横に振ると、

「ううん。わたし、お手伝いするの！　ねっ、いいでしょう、修くん？」

と、さらに訴えてきた。

（あの沙由里が、ここまで強情に言い張るなんて……）

修介は、彼女の気迫にすっかり圧倒されて、かえす言葉が見つからなかった。

正直、春菜と夏菜の言葉とは裏腹に、三人ではてんてこ舞いになるくらい忙しく、人手が足りていないのは事実である。沙由里が手伝ってくれれば、今より負担が減るのは間違いない。

それに、ここまで熱心に言われて拒みつづけると、三人の関係を彼女に疑われかねない気もする。

「わ……わかったよ。じゃあ、明日から沙由里も手伝ってくれるか？」

修介が決断して言うと、沙由里が顔を輝かせて「うんっ」と大きくうなずいた。

対照的に、春菜と夏菜はあからさまに不服そうな顔を見せる。

（あ～……なんだか、あちらを立てればこちらが立たずって感じが……）

双子と沙由里の間に、なんとも言えない微妙な空気を感じて、修介は大きなため息をつくしかなかった。

2 魅惑のバスト

「修くん、タオルはそこに置いておいて。わたしが畳んでおくから」

「お、おう。悪い」

リネン室に新しいタオルを持ってきた修介は、沙由里の傍らに持ってきたものを置いた。すると、少女は手慣れた様子でテキパキとタオルを綺麗に畳みはじめる。

「へえ〜……さすが沙由里。ちょっと教えただけなのに、スゲー上手になったなぁ」

少年の誉め言葉に、沙由里は照れくさそうにうつ向いた。

「そ、そんなことないよ……」

「いやいや。俺たちが苦労して覚えたことも最初からできたし、沙由里はやっぱりすごいぜ」

それはお世辞ではなく、修介の本心だった。まだ幼なじみの少女が手伝いに来て二日目だというのに、仕事の負担が信じられないくらい軽くなったのである。

とにかく、沙由里は性格的にフロント業務はできないものの、裏方の仕事の大半を教えるまでもなく理解していた。しかも、修介ですらろくに知らなかったことも、なぜか彼女は知っていた。おかげで、作業効率が格段にあがったのである。

「わ、わたし、よくここに来ていたから、だいたいのことはわかっているし……」

知識のことを聞かれたとき、沙由里はそう答えた。

なるほど、彼女は「はなの湯」の常連客なので、修介の両親の仕事を見ているうちに作業の流れなどを覚えたのだろう。そういう意味では、あまり銭湯を手伝わなかった修介や夏菜、家事で忙しかった春菜より詳しいのも当然かもしれない。

しかも、沙由里は引っこみ思案な性格なため目立たないが、総合成績で学年トップテンに入る頭脳の持ち主だ。おまけに、共働きの両親に代わって家事もほぼ全面的に引き受けている。そんな少女にとっては、リネンなどのコツを理解し実践することなど、そう難しいことでもないのだろう。

沙由里は、恥ずかしそうに少年から視線をそらし、タオルを畳む作業に没頭しはじめた。そうして、彼女が身体を動かすたびに、存在感たっぷりの二つのふくらみが大きく揺れる。

修介の視線は、ついそこに向いてしまった。

(沙由里のオッパイ、やっぱり夏菜よりもずっと大きくて……揉んだら、どんな感じなんだろう?)

という好奇心が、今さらながらに湧いてくる。

春菜には悪いと思うが、やはり大きなバストが気になるのは、男の性《さが》なのかもしれない。

ただ、以前の少年と違うのは、今は夏菜の胸を実際に触って乳房の感触を知っている点である。ツインテールの少女のバストも、ちゃんとふくらんでいて揉むとやや硬さもあるが弾力があって、充分に魅力的だった。

しかし、目の前の少女の乳房はさらに大きい。これを揉んだらいったいどんな手触りなのか、という興味がどうにも抑えられない。

「どうしたの、修くん？」

そう声をかけられて、修介はようやく我にかえった。

（はっ。な、なにを考えてるんだ、俺は？　だいたい、春菜と夏菜とエッチしちゃって、今さら沙由里となんて……）

最近、やや疎遠になっていた幼なじみのクラスメイトに対し、修介はあらためて後ろめたさを抱かずにはいられなかった。

「な、なんでもない。じゃあ、ここは任せたから」

修介は、あわてて少女に背を向けた。

「あの……修くん？」

と、沙由里が首を傾《かし》げる。

彼女とこれ以上二人きりでいると、罪悪感に押しつぶされてしまいそうだ。

「ご、ゴメン。俺、ちょっとやること思いだしたから。じゃあっ！」

そう言って、修介はリネン室を飛びだした。

義妹たちと三人だけのときは、つい快楽に流されて、いつの間にかそれほど深刻な思いを抱かなくなっていた。しかし、沙由里が身近に来たことで、今さらながら自分がとんでもないことをしてしまった、という思いが湧きあがる。

（そうなんだよなぁ。エッチするようになってから、女の子として見ちゃっていたけど、どんなに可愛くても血のつながりがなくても、春菜と夏菜は俺の妹で……）

そのことを意識すると、鉛の塊でも乗せられたかのように気持ちがズンと重くなってしまう。

また、春菜と夏菜のほうも、修介や沙由里に対する態度がよそよそしくなっていた。もちろん、客の前では営業スマイルを絶やさなかったが、なんとも面白くなさそうな表情をしばしば見せている。

（仕事の負担が格段に減ったはずなのに、いったいどうしたんだろう？）

双子の考えがどうにもわからず、修介は首をかしげるしかなかった。

沙由里が手伝いに来るまで、銭湯の仕事はあわただしくも楽しく充実した時間だった。それだけ、義妹たちと心が通っていた気がする。しかし、今はケンカをしているときのように心が離れている気がしてならない。

結局、午後八時の営業終了まで、修介はそんな違和感を抱きつづけていた。

やがて最後の客が帰ったのを見届けてから、修介はいつものように男湯の脱衣所の片付けをはじめた。だが、どうも仕事に集中できず、つい作業が滞りがちになってしまう。

「ああ、もうっ。今日は、適当なところで切りあげたほうがいいかも」

ボヤきながら脱衣所を出ると、フロントに春菜と夏菜の姿がない。また、沙由里の姿も見あたらなかった。

「あれ？　女湯の掃除でもしているのかな？　そういや、沙由里はどうしたんだろう？」

ずっと考えごとをしていて上の空だったせいか、修介は少女たちの動向の確認をすっかり怠っていた。

「おーい、春菜、夏菜？　沙由里は……」

と、いつもの調子で女湯の脱衣所の引き戸を開ける。

だが、少年はそこで立ちつくしてしまった。

修介の目に飛びこんできたのは、上半身裸になり、今まさにショーツを脱ごうとやや前屈みになった沙由里の姿だったのである。

いつもは服に隠れている、存在感たっぷりのふくらみ、そして意外なくらい細いウエストと豊満なヒップ。透き通るような白い肌と相まって、なんとも言えない色っぽさが漂っている。

（うひゃあ。沙由里のオッパイ、やっぱりすごく大きいなぁ）

頭が真っ白になりながらも、修介はついそんなことを考えていた。

今、少女の白いバストが乳首まであらわになっている。昔は、一緒に風呂に入ったりした仲だが、もちろんこの巨乳を生で目の当たりにしたのは初めてだ。

すでに、春菜と夏菜の生乳房を見ていたおかげでどうにか耐えられたが、そうでなかったら興奮のあまり鼻血を出して倒れていたかもしれない。

とにかく、こうして見ても沙由里の乳房の大きさは別格だった。しかも、今はやや前屈みになっているため、胸の存在感がさらに増して見える。

そのボリュームは圧倒的で、比較したら夏菜のふくらみですら「微乳」のカテゴリーに入ってしまいそうだ。

沙由里のほうはというと、突然のことに目を大きく見開いて少年を見つめたまま、すっかり硬直している。

そのとき、修介は背後に強烈な殺気を感じて、ようやく我にかえった。

恐るおそる振り向いてみると、案の定、そこには春菜と夏菜が立っていた。

「に～い～さ～ん、な～にしてるんですかぁ?」

「お兄ちゃん、サユ姉があがる前にお風呂に入るって、聞いてなかったの!?」

春菜は引きつった笑顔を、夏菜はあからさまな怒りの表情を見せて口を開く。

「あわわ……ご、ゴメン、沙由里！」

我にかえった修介は、あわてて脱衣所の引き戸を閉めた。そして、双子のほうをあらためて見る。

春菜と夏菜は、ゆっくりと少年のほうに近づいてきた。その二人からは、髪が逆立つくらいのどす黒い怒りのオーラが立ちのぼり、背後には般若《はんにゃ》の面が浮かんで見える。

一人でも充分すぎるほど恐ろしいのに、それが二人になっているのだから恐怖心も倍増だ。

（こ、これはマジで殺されそう）

と思って後ずさろうとしたが、背後は沙由里がいる女湯の脱衣所である。

「ま、待て、誤解だ。俺は、ただおまえたちを捜して……」

「で〜も〜、沙由里お姉ちゃんの裸、見ましたよねぇ？」

と、春菜がこめかみに青筋を浮かべたまま眼を細める。

こう言われると、さすがにかえす言葉がなかった。双子の殺気立った鋭い眼光を受けて、修介の背中に冷たい汗が流れる。

「あたし、お兄ちゃんのこと信じてたのに……」

と言いながら、夏菜がボキボキと指を鳴らす。

「ひっ……ふ、二人とも落ち着け！　話せばわかる！　なっ？　だから……」

「問答無用！　お兄ちゃんのバカぁぁ！」

「ひどいです！　兄さんの、裏切り者ー!!」

夏菜と春菜は、少年の言葉を無視して襲いかかってくる。

そのあと、修介は記憶が一部飛ぶくらい、双子から思いきりボコボコにされたのだった。

3 告白

「修くん、男湯のほうお願いね。わたし、女湯の脱衣所を片づけちゃうから」

閉店後、巨乳の幼なじみの指示に、修介は「お、おう」とドギマギしながら応じた。

さすがに頭脳明晰《ずのうめいせき》なだけあって、沙由里はこの数日の間に銭湯の仕事をほぼ完全にこなせるようになっていた。フロントだけは相変わらず無理だったが、裏方の仕事はもう修介より手際がいい。おかげで、いつの間にやらすっかり主導権を握られてしまった感がある。

少年に裸を見られてからも、沙由里は「はなの湯」を手伝いに来てくれていた。

義妹たちにボコボコにされたあと、修介が頭をさげて謝ると、少女は「わざとじゃないから」と笑顔で許してくれたのである。

その後も、彼女は特にあの一件を気にしている様子がなかった。むしろ、今なお怒りが冷めやらない様子の双子を、逆になだめたりしてくれている。

沙由里のそんな寛容さには、ひたすら感謝するしかない。

ただ、そのぶん修介は彼女を裏切っている、という罪悪感をいちだんと強くしていた。おかげで、沙由里の顔をまともに見ることもできず、ついよそよそしい態度を取ってしまう。

もっとも、幼なじみの少女のほうは裸を見たことが原因だと思っているらしく、何度となく「気にしないで」と声をかけてくれているのだが。

(はぁ〜。どうして、こんなことになっちゃったんだろう？　そりゃあ、俺も春菜と夏菜のことは好きだけど、沙由里のことだって……)

そんなことを思うと、ますますつらくなってしまう。

結局、今日も幼なじみのことをなんとなく避けながら、一日が終わろうとしていた。

「あ〜……それにしても、今日も忙しかったなぁ」

脱衣所の籠などを整理しながら、修介はついボヤいていた。

営業時間が通常より短いにもかかわらず、客数はまさにうなぎ登りだった。とにかく、夏休み期間ということもあって、昼間から春菜と夏菜を目当てにした若者が大勢やって来る。おかげで、時間帯によっては男湯のカランがすべて埋まり、入場制限をしなければならないほどだ。今さらながら、双子の美少女の人気には驚かされる。

「父さんと母さん、帰ってきたらきっとビックリするだろうなぁ。春菜と夏菜が表に出ているだけで、こんなに売上げが変わるんだから」

先日、売上高の合計額を出したところ、双子がフロントに出るようになってからわずか二週間あまりで、先月までの三カ月分を軽くうわまわる金額になっていた。当然、経費などを引いても余裕の黒字である。これだけの稼ぎがずっとあったら、宝くじ当選前の生活苦もなかっただろう。

「……そういえば、春菜と夏菜はどうしたんだ？　さっきから、姿が見えないけど」

二人は、売上金を住居の金庫に持っていったはずだが、そのあと戻ってくる気配がない。

少年が首をかしげながら脱衣所を出ると、沙由里がちょうど住居部のほうから出てくるところだった。

「あっ……さ、沙由里」

やはり彼女の顔を見ると、胸にズキッと痛みを感じてしまう。

「修くん、ちょうどよかった。春菜ちゃんと夏菜ちゃん、ソファで寝ちゃっていたわよ」

少年の動揺に気づいた様子もなく、沙由里が声を潜めて言う。

「寝てた？　まぁ、仕方がないか。今日も忙しかったし」

いくら沙由里が入って、裏方の仕事が減ったとはいえ、春菜と夏菜もフロント業務に専念できるわけではない。

おまけに、来る客の八割近くが双子が目当てで、あれこれと話しかけてきたりする。二人も迷惑そうだったが、さすがに客を邪険にはできず、接客の合間にわずかでも話し相手になっていた。そんなことをしていたら、普通のフロント業務をするより疲弊するのも当然だろう。

加えて、春菜は普段の家事までこなしているのだ。修介が想像する以上に、疲労が溜まっていたのに違いない。

「修くん。その……今日のお掃除は、二人でやりましょう」

おずおずと、沙由里が提案してきた。

（さ、沙由里と二人きり……）

そう意識すると、あらためて罪悪感がこみあげてくる。

昨日までは、双子も一緒に掃除していたので、多少の気まずさはあってもなんとかやってこられた。だが、二人きりだと妙に彼女を意識してしまう。

とはいえ、寝入ってしまったという双子を起こすのも気が引けるし、目が覚めるまで待つのも時間の無駄だろう。

「じゃ、じゃあさ、沙由里は女湯のほうを頼む。俺、男湯の掃除をするから！　よろしく！」

あわてて言うと、修介はそそくさと男湯の暖簾《のれん》をくぐって脱衣所に飛びこんだ。

一瞬、沙由里が寂しそうな顔をしていたように見えたのは、果たして気のせいだろうか？

しかし、今は彼女と顔を合わせているのがつらかった。

（沙由里、俺が嫌っているなんて、勘違いしているんじゃないかな？）

という不安もこみあげてくるが、それも仕方がないのかもしれない。なにしろ、自分にすべての原因があるのだから。

「ああ、もうっ。余計なことは考えないで、今は掃除に専念しよう」

考えるたびにドツボにはまっていく気がして、修介はひとまず掃除に取りかかった。

だが、こうして男湯の床を磨いていると、ついつい初体験のことが脳裏に甦ってきてしまう。

この場所で、修介は双子にソーププレイをされ、さらに処女を捧げてもらったのだ。

義妹たちに奉仕された場所も、破瓜の血が散った場所も、二人にされたこと、したこともすべて昨日のことのようによく覚えている。

すると、股間のモノがムクムクと元気になってきてしまった。

（う～、ヤバイなぁ……そういえば、最近またエッチしてなかったし、溜まっちゃってたかな？）

さすがに翌日も銭湯の営業があると、そうそう双子とセックスに耽《ふけ》る余裕はない。ましてて、前回のセックスのあとから沙由里が手伝いに来るようになったため、修介も義妹たちを抱こうという気持ちにならなかった。

しかし、若い欲望は自然に溜まってしまう。そこにいったん火がつくと、枯れ野が延焼するかのようにとめどもなく妄想が湧きあがってきた。

「いやいや、今は掃除中なんだから。部屋に戻ったら、オナニーでもして発散しようっと」

ボヤいた修介は、ブラシを持つ手に力をこめて床をさらに洗った。もちろん、破瓜《はか》の証など残っているはずもないが、双子を抱いたあたりはついつい力を入れて入念に磨いてしまう。

そうして、少し経った頃。

「しゅ、修くん……」

不意に背後から声がして振り向くと、出入り口のところに沙由里が立っているのが見えた。

「さ、沙由里……どうした？　なんかあったのか？」

恥ずかしがり屋の沙由里は、今までたとえ誰もいなくても、男湯に一人で入ろうとはしなかった。そんな少女がこうしてやって来るとは、よほどの非常事態でも起きたのだろうか？

だが、沙由里は大きな胸の前でモジモジと手を合わせ、妙に恥ずかしそうにしてなかなか口を開こうとしない。

「どうしたんだよ、沙由里？」

「あ、あの……えっと……」

修介が問いかけても、幼なじみの少女はなんとも言いづらそうにしていた。だが、やがて意を決したように顔をあげると、少年のことをまっすぐに見つめた。

「わ、わたし、修くんに聞きたいことがあるの！」

「聞きたいこと？」

「うん。えっと……春菜ちゃんと夏菜ちゃんとのこと」

双子の義妹の名前が出てきて、修介の心臓がドキンと大きな音をたてて跳ねる。

「な、なにかなぁ？」

つい視線をそらすと、沙由里がズイッと歩み寄ってきた。

「修くん、わたしのほうを見て！」

いつもはおとなしい少女が、珍しく声を荒らげる。その口調に気圧されて、少年はいったん沙由里の顔を見た。だが、やはり目を合わせるのがつらくて、つい視線をそらしてしまう。

「……やっぱり。修くん、春菜ちゃんと夏菜ちゃんとエッチ……したんでしょう?」

いきなり図星を指されて、修介は思わず目を丸くして少女の顔を見る。

沙由里は頬を赤らめながらも、なんとも悲しげな表情で少年のことをジッと見つめていた。

「ななな……なんで、そんなことを?」

「修くんの態度を見ていたら、すぐにわかるわよ。わたし、春菜ちゃんや夏菜ちゃんより前から、修くんと一緒にいたんだから」

沙由里とは、保育園に入る以前からの付き合いになる。その後、父の再婚で春菜と夏菜が家族となり、四人で遊ぶようになったのだ。

単純な時間では、一つ屋根の下で暮らしている双子の義妹のほうが、修介と長く一緒にいる。だが、沙由里のほうが少年の小さい頃のことを、双子よりよく知っているのも間違いない。

そんな幼なじみの少女の目を誤魔化すことは、やはり難しかったのかもしれない。

だが、彼女の指摘を素直に認めることは、修介にはできなかった。

(二人とエッチしたなんて言ったら、沙由里に軽蔑されるんじゃないかな?)

いくら双子と関係を持ったとはいえ、目の前の少女に対する気持ちが消えたわけではなかった。できることなら、彼女に嫌われるようなことはしたくない。

すると、不意に沙由里が抱きついて、顔を少年の胸に埋めてきた。

「えっ？　さ、沙由里？」

大きなバストが体に押し当てられて、修介は戸惑いを隠せなかった。

（す、すごい弾力が……それに、や、柔らかくて……）

充分すぎる大きさがあるため、ブラジャーに包まれていてもふくらみの感触がしっかりと感じられる。

そんなものを押しつけられたため、ただでさえ昂っていた欲望の火に油が注ぎこまれてしまう。

「……わたし、修くんのこと好き！　ずっと前から、好きだったんだから！」

胸に顔を埋めたまま、沙由里が衝撃の告白をしてきた。

（さ、沙由里が俺のことを前から好きだった？　じゃあ、俺たちってずっと両思いだったってことか？）

銭湯の一件があるまで、修介は沙由里との距離を感じていた。なにしろ、せっかく同じクラスになったというのに、クラスメイトの目を気にしてほとんど話もしていないし、一緒に登校することもなかったのだ。

だから、嫌われていないまでも、沙由里が自分に対して「幼なじみ」以上の感情を持っていないのではないか、と思っていたのである。だが、どうやら修介の勘違いだったらしい。

「お、俺……俺も、沙由里のこと、ずっと前から好きだった」

少年がつい口走ると、沙由里が紅潮した顔をあげた。その表情には、やや驚きが浮かんでいる。

「本当に？」

と聞かれては、もはや修介も「うん」とうなずくしかない。

「春菜ちゃんと夏菜ちゃんより？」

「そ、それは……」

その質問には、さすがに少年は答えられなかった。

双子と関係を持つ前なら、首を縦に振っていたかもしれない。しかし今は、春菜と夏菜のことも女の子として意識し、大切な存在と感じていた。その気持ちは、沙由里を思うものと匹敵している。

すると、修介の気持ちを察したのか、少女が身体を密着させたまま目を潤ませた。

「わたし、春菜ちゃんや夏菜ちゃんに負けたくない！　修くんを渡したくない！　だ、だから……」

そう言って目を閉じると、沙由里がつま先立ちをして唇を近づけてきた。

困惑して、なにもできずにいた修介の唇に、幼なじみの少女の唇が重なる。

（こ、これって……）

修介は本気でパニックを起こし、頭が真っ白になるのを感じていた。

告白されたこともそうだが、あの奥手の沙由里が自らキスをしてきたことが信じられない。

「んっ……んっ……ちゅっ……ちゅぶ……ふはっ。はぁ、はぁ……」

しばらく少年の唇をついばんで、沙由里がようやく唇を離す。息が切れているのは、キスの間、呼吸をとめていたせいだろう。

沙由里はいったん身体を離すと、ややためらいがちにシャツを脱ぎだした。

修介が呆気に取られている間に、少女の白い肌と大きなふくらみを包む淡いピンクのブラジャーがあらわになった。

前にも見たが、おとなしそうな顔立ちとはいささかアンバランスな巨乳は、こうして目にするとやはり圧倒的な存在感を誇っていた。

さらに沙由里は、背中に手をまわしてブラジャーのホックをはずした。そして、胸を覆っていたものを取り去り、バストをあらわにする。

（うわぁっ。や、やっぱり大きいなぁ）

と、修介は思わず見とれていた。

しかも、彼女の乳房はただ大きいだけでなく、重力に負けずに綺麗な半球型をしている。正面から見ると、彼女の乳房はまるで芸術品のようだ。

「しゅ、修くん、わたしのオッパイ……その……触っても、いいよ」

沙由里が顔を真っ赤にしながら、消え入りそうな声で言う。

女を知る前の修介だったら、好奇心に駆られても実際に手を出す度胸などなかったかもしれない。だが、すでに春菜と夏菜のバストの感触を知っているため、今は目の前の巨乳への欲望をどうにも抑えられなかった。

しかし、修介が近づくと沙由里はあからさまに身体を強《こわ》ばらせた。

「……沙由里、本当にいいのか？」

念のため聞くと、少女は視線をそらしたまま小さくうなずく。

「……う、うん。だって……修くんは、春菜ちゃんと夏菜ちゃんのオッパイ……その、触ってるんだよね？」

「ま、まぁ……」

「だったら、わたしも……わたし、春菜ちゃんと夏菜ちゃんが修くんにしたこと、させてあげたこと、なんでもする」

か細い声ながらも、沙由里がはっきりと言う。

女の子にここまで言われては、修介も男としてあとに引くという選択肢など考えられなかった。

だいたい、自分も彼女のことがずっと好きだったのだ。その相手からこんな誘惑を受けて、拒めるはずがない。

修介は、胸の鼓動の高鳴りを感じながら手を伸ばし、幼なじみの巨乳に触れてみた。それだけで、沙由里が「んっ」と声をもらす。

（す、スゲー……）

手からあふれるほどの圧倒的なボリュームのバストに触れて、修介はつい涙が出そうなほどの感動を覚えていた。

夏菜の乳房よりもさらに柔らかく、それでいて指を押しかえす弾力をしっかり備えている。まさしく、絶品の触り心地と言っていいだろう。

少し手に力を加えると、弾力のある乳房に指が沈みこんだ。そして、ゴムボールでも潰したかのように、胸の形が変形する。

「うわっ。こんなに……」

と、つい感想が少年の口を衝いて出る。

ほとんどふくらんでいない春菜の胸は論外として、夏菜の乳房でもここまでの揉みごたえはなかった。

「しゅ、修くん……わたしのオッパイ、どう？」

少女が、やや不安そうに聞いてくる。

「あ、ああ……すごく大きくて、柔らかくて……最高だよ」

「嬉しい……もっと、好きに触っていいよ」

この沙由里の言葉で、少年の欲望のブレーキは完全に失われてしまった。

正面からだと少し揉みにくいので、修介はいったん手を離して少女の背後にまわりこんだ。そして、後ろから両方の乳房をわしづかみにして、グニグニと揉みしだく。

「んっ……ふあっ……しゅ、修くんの手ぇ……んくぅっ、わたしのオッパイを揉んでぇ……んあっ、嬉しいよぉ」

沙由里が切なそうに、背後の少年のほうに目を向けてくる。

修介は自然に顔を近づけると、彼女に唇を重ねていた。

「んんっ……ちゅっ、ちゅっ……くちゅ、ちゅぱ……」

声をもらしながら、沙由里もキスに応じる。

修介は、思いきって少女の口内に舌をねじこんだ。

すると、沙由里が「んんんっ！」と声をもらし、身体を強《こわ》ばらせる。それでも、構わずに舌を絡めると、彼女のほうもおずおずと舌を動かしはじめた。

「んふっ……ぐちゅ、ちゅぶっ……あむ……んむむ……じゅぐ……」

吐息のような声をもらしながら、幼なじみの少女はディープキスにウットリとした表情を見せる。

（沙由里と、こんなキスができるなんて……）

今さらながら、そんな感動が修介の胸にこみあげてきた。

舌を絡めながら、手に力をこめて圧倒的な存在感の乳房の感触も味わう。こうしているだけで、少年は射精しそうなくらいの興奮を覚えていた。童貞の頃なら、とっくに一発発射していたかもしれない。

ひとしきり、胸の感触と甘いキスを堪能してから、修介は唇を離した。

「ぷはっ。沙由里、下も脱がせていいか？」

「ふあああ……う、うん……」

どこかうつろな表情で、幼なじみの少女がうなずく。

修介はいったん胸から手を離すと、沙由里のズボンとショーツを脱がせた。これで、彼女は生まれたままの姿である。

さらに修介は、自分もシャツとズボンとパンツを脱ぎ捨てて全裸になった。

「そ、そんなに大きく……」

少年の股間でそそり立つモノを目にして、沙由里が息を呑む。

事実、巨乳の感触を味わいながらディープキスをしていたことで、すでに一物は先端から先走り汁を出すくらいそそり立っていた。

「怖いか？」

修介が聞くと、少女は小さく首を振った。

「ううん。その……ビックリしただけ。想像していたより、大きかったから」

「へぇ、沙由里もチ×ポの想像なんかしてたんだ?」

「うん。修くんとすることを考えながら、あそこを……はっ。い、イヤッ、恥ずかしい!」

告白しかけた沙由里が、顔を真っ赤にしてしゃがみこんでしまう。

しかし今のセリフで、彼女が修介と結ばれることを想像しながら自慰に浸っていたことは、容易に想像がつく。

沙由里が抱いてくれていた思いの深さに、修介は胸があらためて熱くなるのを禁じ得なかった。同時に、抑えきれない欲望がこみあげてくる。

「沙由里、さっき春菜と夏菜がしたこと、自分もなんでもするって言ったよな?」

そう聞くと、恥ずかしそうにうつ向いていた少女が、ようやく顔をあげた。

「えっ? う、うん……」

「二人は身体に石鹸をつけて、俺の体とかチ×ポを洗ってくれたんだ」

「ええっ!? ほ、本当にそんなことを?」

と、沙由里が目を丸くする。さすがに、少年の言葉をにわかには信じられなかったらしい。

もっとも修介自身、双子にソーププレイをしてもらったのが実は夢だったのではないかと、たまに思っているのだが。なにしろ、あまりに気持ちよかったうえに興奮しすぎていたせいか、今一つ現実感が薄いのである。

とはいえ、春菜と夏菜でもあれだけ気持ちよかったのだ。沙由里の巨乳で洗ってもらえたら、いったいどれほどの快感があるのか、という好奇心がどうしても抑えられない。

問題は、彼女が行為をしてくれるかどうかという点だけだ。

すると沙由里は、ややためらってから少年を見つめて首を縦に振った。

「わかったわ。わたしもする」

どうやら、幼なじみの少女は本気で春菜と夏菜と張り合うつもりらしい。

(沙由里、そこまで俺のことを……)

彼女の強い決意をあらためて思い知らされ、修介は感動を覚えながらも戸惑いも感じずにはいられなかった。

4 ボディ洗い

「んっ……んしょ、んしょ……修くん、どう?」

「ううっ……さ、沙由里のオッパイ、気持ちいいぞ」

小牧沙由里は、幼なじみの少年にまたがり、石鹸まみれの身体を彼にこすりつけていた。

胸がこすれるたびに、浴場の床に寝そべった修介が、なんとも幸せそうな表情を浮かべる。その顔を見ているだけで、沙由里の胸は自然に熱くなって、股間のうずきも増してくる。

もちろん、初めての行為なので戸惑いもあって、どうにも動きがぎこちないのは否めない。ただ、身体に石鹸を塗りたくり、さらにたっぷりと泡立っているおかげか、動くのに支障は感じなかった。

それに、動きながら少年の反応を見ていると、どうすればいいか次第にわかってくる。

どうやら、大きなふくらみを強く押しつけすぎず、乳房で体を洗うようにすると、特に気持ちいいようだ。

(修くん、オッパイが好きなのね？　わたし、オッパイが大きくてよかった)

そう思うと、いつもは邪魔にしか思えない巨乳に誇りが持てる気がする。

修介と双子の関係が変わったことに気づいたのは、夏休みに入ってすぐにプールの帰りにバッタリ会ったときだった。ただ、そのときは漠然とした予感めいたものを抱

いただけで、自分の心に浮かんだ疑念を振り払ったのである。

疑念が確信に変わったのは、再開した銭湯にやって来て、双子の姉妹と修介を見たときだった。

春菜と夏菜が義兄を見つめる視線に、もはや兄妹の域を超えた感情が混じっていたことを、沙由里は直感した。加えて三人の態度を見ていれば、なにがあったか想像するのはそう難しいことではない。

もちろん、他の人間なら気づかなかったかもしれない。だが、ずっと修介のことを見てきた少女には、義兄妹が一線を越えてしまったと、はっきり感じられた。

（まさか、二人ともなんて……）

春菜と夏菜が、修介に異性として好意を持っていることには、前々から気づいていた。しかし、だからこそ二人が牽制し合って関係が進展することはない、と沙由里は考えていたのである。

だが、まさか二人が一度に動きを見せるとは。

そう悟ったとき、沙由里はたまらなくなって、銭湯を手伝って三人の様子を観察することにした。同時に、隙あらば修介に告白しようと考えたのである。

もちろん、いつも引っこみ思案な自分が、ここまで大胆で強引なことができるとは、沙由里自身も思ってもいなかったことだ。ただ、昔から思いを寄せていた相手が他の女の子、ましてや春菜と夏菜に取られそうだという危機感の前に、少女は窮鼠猫を噛むような心境だった。

そして今日、銭湯の閉店後に双子が仲よくソファで寝入っているのを見たとき、沙由里は告白の決意を固めたのである。

もしも修介に拒まれたら、という不安はあった。しかし、もう曖昧な関係のままではいられない、という思いのほうがうわまわっていた。

たとえフラれても、ここで幼なじみの少年との関係にしっかりと白黒をつけたい。少女は、そんな切羽つまった心境になっていたのだった。

結局、修介が「沙由里のことが前から好きだった」と告白してくれたことで、感情を抑えられなくなってしまったのだが。

(わたしたち、両思いだったのに……わたし、春菜ちゃんと夏菜ちゃんに遠慮して、とっても損をしていたのね)

そう思うと、自分の臆病な性格にあらためて嫌気がさす。

今までの鬱憤《うっぷん》を晴らすように、沙由里は身体の動きを大きくした。すると、勃起した乳首が少年の乳首と擦れ、そのたびに少女の身体に快感が走り抜ける。

(わたし、すごくエッチなことしてる……修くんに、とってもエッチなこと……)

自分がソーププレイをするなど、実際にしていることなのにまだ信じられなかった。

双子がしたことだと聞かされていなければ、いくら修介の頼みでもとても実践できなかっただろう。

「はぁ、はぁ、修くぅん……んんっ、んっ、んふっ……」

声をもらしながら、さらに身体を大きく動かす。すると、勃起した一物が少女の下半身にいちいち当たる。

（修くんの大きなオチン×ン、すごく硬くなって、ビクビクして……）

そう意識すると、一つの思いがこみあげてきた。

「ねぇ？　これも、オッパイで洗って欲しい？」

少女がペニスに手を這わせて聞くと、修介が「う、うん……」とためらいがちにうなずく。

寝そべったまましようかと思ったが、どうもビギナーにはやりにくそうだ。

「修くん……その、立って……くれる？」

沙由里が言うと、少年は素直に立ちあがってくれた。

少女の目の前に、石鹸の付着した少年のペニスが来る。それを目にしただけで、胸の鼓動が高鳴った。

（こ、これが修くんの……修くんのオチン×ンが、こんなに目の前にあるなんて信じられない）

間近で見ると、想像していたよりもいびつな形をしているのがよくわかる。それに、予想以上に大きく思えた。もちろん、他の男子のモノなど見たことがないので、修介のモノが標準より大きいのかどうかは、わかるはずもないが。

（だけど、やらなきゃ。わたしから言いだしたことなんだし）

意を決した沙由里は、あらためて自分の胸に石鹸をこすりつけた。

そして、谷間に一物をあてがうと、両手で胸を寄せて肉棒を挟みこんだ。予想以上に大きかったが、バストに充分な大きさがあるので谷間でスッポリと包みこめる。

「んっ……んっ……んふっ……んふぅ……」

沙由里は、慎重に胸で肉棒をしごきはじめた。すると、たちまちペニスが泡まみれになっていく。

「うあっ……さ、沙由里、すごく気持ちいい！」

少女が動きだすなり、修介がうわずった声をもらした。どうやら、かなりの快感を得ているらしい。

「ああっ、嬉しい。修くぅん、もっと、もっとわたしのオッパイで、ふあっ、いっぱい、はんっ、気持ちよくなってぇ！　んしょ、んしょっ……」

沙由里は悦びを感じながら、動きに熱をこめた。

ヌチュヌチュという音が響き、胸を動かすたびにモグラ叩きのモグラのように亀頭が谷間から顔を出すのが、なんとも滑稽《こっけい》に見える。

もちろん、初めての行為で戸惑いはあった。しかし、石鹼が潤滑油になってスムーズに動けるのがありがたい。

「んっ……んはっ、はあ……はふう、んしょ、んんっ……」

胸の動きだけでなく、身体も揺するようにしてみると、ペニスの先端が口もとにまで迫ってくる。

透明な液を垂れ流すそれが谷間で上下に動くさまは、まるでシリンダー内のピストンの動きを見ているようだ。

(修くんのオチン×ン……ああ、なんだかとってもおいしそう)

パイズリをつづけていると、先走り汁を舐めてみたいという衝動が、少女の心の奥底から湧きあがってきた。

幸い、先っぽの割れ目付近に石鹼はほとんどついていない。舐めたからと言って、口に石鹼が入る心配はほぼなさそうだ。

それを確認して、沙由里は亀頭が口もとまで近づいた瞬間に、舌を出して縦口の透明な液を舐めあげてみた。

「うあああっ！　さ、沙由……それっ」

少女の舌が触れた瞬間に、修介がのけ反って体を震わせる。

「修くん、気持ちよかった？」

顔をあげて聞くと、少年がぎこちなくうなずいた。

「う、うん。よすぎて……そんなことされたら、すぐに出ちゃうよ」

「いいよ。修くん、出して……精液、いっぱい出してぇ」

沙由里はパイズリを再開し、またペニスを舐めあげる行為に没頭する。

（ああ、わたしぃ……なんだか、すごいことしてるぅ）

ついさっきまで、大好きな少年に告白すらできなかった自分が、今は彼の前にひざまずき、分身にパイズリ奉仕している。そのことを意識するだけで、さらなる興奮が呼び起こされる気がした。

さらにパイズリをつづけていると、肉棒がビクビクと震えはじめた。

「ああっ、出る！　沙由里、もう出ちゃうよ！」

と、修介が切羽つまった声で訴えてくる。

だが、行為にすっかり没頭していた沙由里は、彼がなにを言っているのか瞬時には理解できなかった。

次の瞬間、ペニスの先端から白濁液が飛びだし、少女の顔面を直撃した。

沙由里はさすがに驚いて、「きゃっ」と悲鳴をあげ、胸に添えていた手を思わず離してしまう。

しかし、解放されたペニスからは液体がさらに噴きだし、少女の頭から胸にかけて降り注ぐ。

（な、なに、これぇ？　すごく熱くて、いっぱいぃぃぃぃぃ！）

と思いながらも、避ける余裕はなく液をモロにかぶりつづけてしまう。

やがて白濁液の放出がとまり、沙由里は恐るおそる目を開けた。

粘ついた熱い液体が、顔にベットリとこびりついているのは、自分でもよくわかる。

ただ、目のまわりについていなかったのが、幸いと言うべきか。

「……ああ……もしかして、今のが射精……なの？」

そう聞くと、修介が惚《ほう》けた様子のまま首を縦に振った。

「あ、ああ……えっと、ゴメンな、顔にかけちゃって」

「ううん。これが精液よね？　わたし、嬉しい……」

と、沙由里は自然に微笑んでいた。不思議なことに、顔射されたことへの嫌悪感はまったくない。むしろ、大好きな少年が射精するほど感じてくれたことのほうに、大きな悦びを覚えている。

「修くん、石鹸と精液、流してあげる」

沙由里はそう言ってシャワーを手にすると、少年の体にお湯をかけて石鹸を洗い流した。修介のほうは、もうなすがままである。

（わたしが、修くんを洗ってあげて……こんなの、何年ぶりかしら？）

彼とは小さな頃、春菜と夏菜も交えて身体の洗いっこなどした仲である。だが、小学校の半ば頃から性を意識しはじめ、一緒に風呂に入ることもなくなった。

久しぶりに見た修介の裸は、子供の頃とはすっかり変わっていた。大きくたくましくなり、男性器も根元に黒々とした陰毛が生えて、見るからに大人になっている。

もっとも、沙由里のほうにも同じことが言えるのだが。中学を過ぎた頃から股間のあたりに恥毛が生え、バストも急激に成長して、今では九十センチを軽く超えてしまった。

このいささか成長しすぎた乳房のせいで、ただでさえ人見知りしがちだった少女は目立つことを恐れ、ますます消極的になってしまったのである。

（だけど、このオッパイで修くんが悦んでくれるなら、わたしはそれでいいわ）

そんなことを思いながら、少年の体を一通り洗うと、今度は自分の顔にお湯をかけてスペルマを洗い流す。

さらに沙由里は、自分の身体とうっすらと湿り気を帯びていた股間も洗った。

（パイズリで感じていたなんて、修くんに知られたくないもの。修くんには、エッチな女の子だって軽蔑されたくないから）

だが、愛液を洗い流すため秘部にシャワーのお湯が当たっただけで、快感が走り抜けた。

腹の奥のほうも熱く火照《ほて》っていて、このままオナニーに耽《ふけ》りたいという欲望が心に湧きあがってくる。

「沙由里、今度は俺が愛撫してあげるよ」

いきなり、修介が提案してきた。彼のペニスはまだ元気いっぱいで、一度の射精ではまるで満足した様子がない。

「い、いいよ。わたしが……その、修くんにして……あげたいの」

実のところ、自分が奉仕しているほうが、恥ずかしさが紛れる気がした。修介に秘部を見られたりしたら、羞恥心に耐えられそうにない。

「じゃあさ、二人で一緒にしよう。お互いに見せっこするならいいじゃん」

「えっ？　どういうこと？」

少年の言葉の意味が理解できず、沙由里は首をかしげた。

「沙由里、寝そべってくれるか？」

少女は言われた通り、床にあお向けになった。すると、修介が逆方向を向いてまたがってくる。

屹立した一物が沙由里の眼前に来て、少年が顔を女性器に近づける。これで、お互いに性器を見つめる格好になった。

「こうして、二人で愛撫し合おうぜ」

と言われたものの、さすがにこれは恥ずかしい。

「しゅ、修くん……こんなこと、春菜ちゃんや夏菜ちゃんともしたの？」

「いや。その……シックスナインは、俺も初めてだよ」

言いづらそうにしながら、修介が告白する。

（初めて……修くんも、これは初めてなのね）

すべてにおいて、双子に先を越されていたかと思ったが、どうやらまだしていない行為もあったらしい。そう悟っただけで、沙由里のなかには悦びがこみあげてきた。

「わかったわ。じゃあ、わたしがんばるから」

開き直った沙由里は、目の前にあるペニスを優しく握った。そして、先端の割れ目に軽く口づけをする。

それだけで、修介が「ううっ」と声をあげて体を震わせた。

「お、俺も……ぴちゃ、ぴちゃ……」

と、少年も性器に口をつけてくる。

「んんっ！　ぷはっ、あああっ！　修くん、それぇ！」

舌が陰唇を這った瞬間、想像もしなかった快感に見舞われて、沙由里はペニスから口を離して声をあげていた。

舌で刺激されると、指とは違った心地よさがもたらされる。

（オマ×コ、洗っていてよかった）

沙由里は、ついそんなことを思っていた。愛液を誤魔化すために股間を洗ったおかげか、「汚いところを舐められている」という感情は、意外に湧いてこない。

それは、修介のペニスに対しても同様だった。すでにパイズリで舐めているものの、本来なら口に含もうとまでは思わなかっただろう。だが、パイズリなどで綺麗にしてあったからか、自分でも意外なくらい抵抗なく口をつけられる。

「んっ……じゅるるるる……ちゅば、ちゅば……」

修介が、音をたてて陰唇を舐めまわしてきた。

「ふああっ、修くんの舌がぁ！　これっ、ひうっ、指と全然、ああっ、違うよぉ！」

オナニーの経験は何度もあるが、陰唇を這う少年の舌の感触も刺激の仕方も、自分の指とはまったくの別物だった。とにかく予想外の動きで快感がもたらされるため、まるでこらえることができない。

「あああああっ……わ、わたしも……あむっ。んむううっ……んぐ、んぐ……」

沙由里はどうにかペニスを咥《くわ》えこむと、顔を動かして一物に刺激を送りこんだ。

（わたしが、こんなことをするなんて……まだ、信じられない）

銭湯の男湯で、修介とお互いの性器を愛撫し合う。今まで沙由里は、大好きな少年と結ばれることを想像し、諸々の妄想をして己を慰めてきた。しかし、こんな行為をいきなり経験するとは、さすがに予想外である。

（だけど、すごく興奮しちゃう……それに、修くんの舌が気持ちよくてぇ）

と思いながら、さらに一物をきつく咥えこむ。

すると、修介が指で陰唇を割り開き、濡れそぼったサーモンピンクの肉びらをあらわにした。そして、そこをやや強めに舐めてくる。

「じゅぶぶ……じゅる、じゅる、レロ……」

「ぷはあああっ！　ああっ、それよすぎるのぉぉぉ！　わたしっ、ひううっ、舐めていられないぃぃぃぃ！」

敏感な肉襞を舐めまわされて、沙由里は思わずペニスから口を離して、おとがいを反らした。

「オマ×コから愛液が溢れてきたぜ、沙由里」

「いやぁ。変なこと言わないで。恥ずかしいよぉ」

あらためて指摘されると、羞恥心がこみあげてくる。

「すごく綺麗だ。食べちゃいたいよ。レロ、レロ、レロロ〜……」

そう言うと、修介はまるで愛液をすべて飲み干そうとするかのような勢いで、秘部を荒々しく舐めまわしてくる。

「あぁっ！　それっ、いいぃぃぃぃっ！　修くん、食べて！　わたしの全部、食べちゃっていいよぉ！　わ、わたしもっ！　あむっ……んぐうううぅぅ……んむう、んちゅ、じゅぶ……」

沙由里も、どうにかペニスを再び咥《くわ》えこむと、愛撫を再開した。

（あぁっ！　だけど、わたしもう！　もう、イッちゃううぅぅぅぅ！）

大好きな少年との初めての行為、初めて味わう刺激に、沙由里の快感ゲージはすでにレッドゾーン近くに達していた。

とはいえ、少年のペニスも口のなかでヒクつき、透明な先走り汁を大量に溢れさせていた。おそらく、彼のほうも二度目の射精が近いのだろう。

「んじゅ、じゅぶ……クチュ、ジュル、レロロ～……じゅぷ、ちゅる、ちゅる……」

修介が声をもらして、一点を集中的に舐めはじめる。途端に、沙由里の身体を鮮烈な衝撃にも似た快感が貫いた。

「んぶうううううううっ！　じゅぶぶうぅぅうっ！」

どうにかペニスから口を離さなかったものの、少女はくぐもった悲鳴をあげていた。

（はあぁぁぁぁ！　そこっ、クリトリスぅぅぅ！　あぁっ、そんなところを舐められたら、わたしもう、もうっ！　イクううううぅぅぅぅぅぅぅぅぅぅぅ!!）

快感の爆発が起き、沙由里は一物を咥えたままエクスタシーを迎えた。

同時に、上にいる修介の体が強《こわ》ばり、一物からスペルマが飛びだす。

さすがに、一度目ほどの濃さは感じないが、二度目とは思えない量の精液が少女の口内を満たしていく。

あお向けになっているため、精液が自然に喉の奥へと流れこんできた。しかし、エクスタシーの最中なので、吐きだす余裕もない。

結局、沙由里はそのままスペルマを呑みこんでしまった。

(これが修くんの味……わたし、修くんの精液を飲んでるのね)

そう思っただけで、絶頂に達した肉体に新たな悦びが湧きあがってくる。

やがて射精が終わると、修介が体を起こした。それとともに、ペニスが口から出ていく。

「んくっ……コク、コク……けほっ」

口が自由になり、残っていたスペルマを飲み終えると、沙由里はついむせてしまった。それでも、たてつづけの射精で濃度が薄まっていたのが幸いだった。顔にかかった一度目ほど濃かったら、さすがに飲めなかったかもしれない。

「ゴメンな、沙由里。俺、我慢できなくて口のなかに出しちゃって……大丈夫だったか?」

と、修介がすまなそうに聞いてきた。

「う、うん、平気。ちょっと粘ついていたから、むせただけ」

笑顔を見せてあげると、ようやく少年も安堵の表情を浮かべる。

その態度で、彼が気遣ってくれていることが伝わってきた。

(嬉しい。修くん、やっぱり優しいなぁ)

最近、双子にばかり向いていた修介の優しさが、今は自分に向けられている。それが、嬉しくてたまらなかった。

「沙由里……その、いいか?」

少女の呼吸が落ち着くのを待って、修介が聞いてきた。

その言葉の意味は、沙由里にもすぐにわかった。

「う、うん……いいよ、修くん」

とうなずきながらも、緊張で自然に胸の高鳴りが大きくなってしまう。

修介が足もとにまわりこみ、少女の足を開いて股の間に入ってくる。

恥ずかしさのあまり、沙由里はギュッと目を閉じた。

間もなく、秘部になにかが触れる感触がもたらされた。それが修介のペニスなのは、見なくてもわかる。

(修くんの大きなオチン×ンが、もうすぐわたしのなかに……)

数えきれないほど夢に見たことが、間もなく現実になろうとしていた。

（だけど、わたし大丈夫なの？　修くんのオチン×ン、ちゃんと入るのかな？　痛くて泣いちゃったりしないかしら？　そ、それに、それに……）

好きな相手と結ばれることを、ずっと望んでいたはずなのに、いざとなるとなぜかさまざまな不安が心にこみあげてきてしまう。

「沙由里、やっぱりやめるか？」

不安が表情に出てしまったらしく、修介があらためて問いかけてくる。

本当はうなずきたかったが、それでも沙由里は我慢して小さく首を横に振った。

「ううん……だって、修くん、春菜ちゃんや夏菜ちゃんとは……本当にエッチ、したんでしょう？」

「うん……」

「だったら、わたしも……わたしの初めても……修くんにもらって欲しいの」

目をつぶったまま言ったため、幼なじみの少年がどんな顔をしたのかはわからなかった。それでも、沙由里の気持ちは伝わったらしい。

「わかったよ。じゃあ、ゆっくり挿《い》れるから。痛かったら、ゴメンな」

そう言って、修介が片足を持ちあげた。そして、少女の身体を斜めにして腰に力をこめる。

ペニスが、ゆっくりと陰唇を押しひろげて入ってくる。

めに叶わない。

「あっ……はううっ」

違和感のあまり、思わず腰を引きたくなったが、片足をしっかりつかまれているた
亀頭がさらに進入してくると、すぐに引っかかるような感触がもたらされた。

だが、修介は力をこめて、さらに奥へと進んでくる。

一物が抵抗を突き抜けた瞬間、激痛が少女の全身を駆け抜けた。

「ひあああああっ！　い、痛いっ！　痛いよ、修くぅぅぅん！」

声をもらすまいと思っていたが、つい苦悶の声を浴場に響かせてしまう。

「沙由里、もうちょっと我慢して」

と声をかけて、修介はいちだんと奥へと進入してきた。

硬いモノが身体のなかに入りこんでくる違和感は、事前の予想以上のものだった。

まるで、鉄の棒を身体の中心にねじこまれているような気さえしてくる。

「うっ……くううっ……」

なんとかこらえようとしたものの、苦悶の声がどうしてもこぼれてしまう。

やがて、なにかが股間に当たる感触とともに、少年の動きがとまった。

「全部入ったぞ、沙由里」

そう声をかけられて、沙由里は目を開けてみた。

少女の片足を持ちあげた修介が、こちらを見つめている。

彼の下半身は、沙由里の股間にピッタリとくっついていた。そこからもたらされる痛みと違和感、それに体勢を見れば、少年の肉棒が本当に自分のなかに入っているのは間違いないとわかる。また、身体がほぼ横向きになっているため、床に赤いものがわずかに散っているのも見えた。

（わたしの初めて、修くんにあげられたのね……わたし、修くんと一つになっているんだわ）

そう実感すると、新たな涙が自然に溢れてくる。

「だ、大丈夫か？　やっぱり、痛いのか？」

と、修介があわてて聞いてきた。

「あっ。ち、違うの。やっと夢が叶ったから……嬉しくて」

沙由里は、兄妹となんとなく疎遠になってからも「はなの湯」に通っていた。それは、表向き大きな風呂が好きということを理由にしていた。しかし、実は「将を射んと欲すればまず馬を射よ」とばかりに修介の両親にアプローチしつつ、銭湯の仕事を覚える目的もあったのである。

銭湯が潰れたりしない限り、修介と結婚すれば自動的に「はなの湯」の仕事をすることになる。それなら、今のうちから彼の父や義母を観察し、仕事を覚えておくに越したことはない。

結果的に、今回の手伝いをするとき、そうして覚えた知識が大いに役立った。ある意味で、怪我の功名だったと言えるだろう。

だが、少年と結ばれることを夢見るようになってから、沙由里はその性格ゆえに修介とついつい距離を取っていた。さらに、彼が双子と関係を持ったことを悟ってからは、「もしかしたら修くんと結ばれるなんて、一生叶わない夢かもしれない」という不安すら感じはじめていた。

しかし今、少年と思いを交わして、長年の夢が叶ったのである。そのことが、嬉しくてたまらない。

修介が少女の足を解放し、顔を近づけた。それだけで、沙由里の胸は幸せではち切れそうになってしまう。

「沙由里……ちゅっ」

と、少年が唇を重ねてきた。

「んっ……ちゅば、ちゅっ、ちゅっ……修くん、好きぃ……ちゅっ、くちゃ……」

痛みを紛らわす意味もあって、沙由里はキスに没頭することにした。

こうしていると、ペニスの感触がますますしっかり感じられるようになる。

（ああ、修くんのオチン×ン、すごく熱くて硬くて、それにビクビクして……興奮し

てるのね？　修くん、わたしのなかに入って、わたしとキスして、オチン×ンをこんなに元気にしているんだわ）

一つになっていると、大好きな修介のことが、今まで以上によくわかる気がした。それが、とても嬉しいことに思える。

さらにキスをつづけていると、次第に結合部の痛みが和らいできた。

「ぷはっ。修くん、もう動いていいよ」

「じゃあ、軽く動くからな」

そう言うと、修介が腕立て伏せをするような体勢になって、ゆっくりと腰を動かしはじめた。

「んっ……くうっ……あうっ、痛っ……」

ピストン運動がはじまった途端に、痛みがぶりかえしてきて、沙由里はつい苦悶の声をこぼしてしまう。

すると、修介がすぐに動きをとめた。

「沙由里、やっぱりもうちょっと待とう」

「ゴメンね、修くん……わたし、修くんに悦んでもらいたいのに……」

情けなくなって、沙由里は謝っていた。

（もし、修くんに春菜ちゃんや夏菜ちゃんのほうがいい、なんて言われたら……）

そんな不安も、少女のなかにこみあげてくる。

「まぁ、初めてだから仕方がないって……あっ、そうだ。体位を変えようぜ」

と言うなり、少年はつながったまま体を入れ替えた。すると、少女のほうが彼にまたがった格好になってしまう。

「しゅ、修くん、これ恥ずかしい……」

先ほど、ソーププレイをしたのと同じ体勢だが、結合しているぶんだけ恥ずかしさが格段にある。

「沙由里、身体を起こして、自分で痛くないように腰を動かしてみなよ」

「そ、そんなこと……できないわよぉ」

引っこみ思案な性格が頭をもたげてきて、沙由里は口走っていた。

「俺、沙由里にも気持ちよくなってもらいたいんだ。だから、やってみようぜ」

修介が、さらに追い打ちをかけるように言う。

(あっ、そうだわ。これは、わたしが自分の殻を破るのに必要なことなのかも)

沙由里は、よほどのことがない限りいつも他人に遠慮し、損をしてきた。

修介とのことにしても、双子の気持ちをわかっていたため遠慮していた、という面は否定できない。その結果として、年下の少女たちに大きく後れを取ることになってしまった。

だが、ここで自ら動くという行為をすれば、なにかが吹っきれて、もっと積極的な自分に生まれ変われるのではないか。

そう考えた少女は、思いきって上体を起こした。そして、痛みが生じないように腰を小さくくねらせてみる。

すると、中心を貫いたペニスが膣肉を押しひろげて、わずかな快感がもたらされた。

「んんっ、こ、これぇ……オチ……」

男性器の名称を口にしそうになって、沙由里は思わず口をつぐんでしまう。

するとは、修介がなにかに気づいたような表情を見せた。

「なぁ、沙由里？　今、おまえのなかに入ってるのって、なんだ？」

「え？　そ、それは……」

いきなり聞かれて、沙由里は答えにつまって腰の動きをとめていた。

「ちゃんと言ってくれよ。いいだろう？」

と、修介が追い打ちをかけてくる。

(恥ずかしい……あっ。だけどわたし、自分の殻を破ろうって決めたじゃないの)

そう思い直して、少女は羞恥心をこらえながら、口を開いた。

「お、オチ……ン×ン……」

消え入りそうな声で言うと、それだけで頬がカーッと熱くなる。

「ダメだなぁ。もっと、はっきり言ってくれよ」

と、修介がダメ出しをしてくる。

「オチン×ン……オチン×ンが、わたしのなかに入ってるのぉ……ああっ、言っちゃったぁ……わたし、すごく恥ずかしいこと言っちゃったぁ」

ただでさえ沸騰しそうなくらい熱くなっていた顔が、ますます熱を帯びたのがわかる。鏡をチラッと見ると、もう顔全体がこれ以上ないくらい真っ赤になっていた。

とにかく、今まで頭のなかでは考えていても、口にしたことのない言葉を口に出したことで、あらためて羞恥心が湧きあがる。

だが、修介はそれでも満足したようだった。

「よく言えたな。痛くないんなら、また動いてみてくれよ」

「うん……ふあっ、あんっ……」

沙由里は、あらためて腰を小さくくねらせた。

(ああ、なんだかオマ×コが熱くなってぇ……だんだん、変な感じになってきたぁ)

腰を動かしているうちに、結合部が麻酔にでもかけられたかのようにしびれ、痛みが感じられなくなってくる。すると、もう少し大きな動きをしても大丈夫そうだ、という気がしてきた。

そのとき、少年が両手でバストをわしづかみにした。そして、力を入れて揉みしだきはじめる。

「んあああっ！　それぇ！　修くんの手、いいのぉぉぉ！」

二つの大きなふくらみから甘美な快感がもたらされて、沙由里は自分でも驚くくらい甘い声をあげていた。

そうして胸を揉まれているうちに、より大きく動きたいという欲求が心のなかに湧きあがってくる。

沙由里は本能に従って、腰を上下に動かしてみた。

「あっ、あっ、あっ！　当たるっ！　奥にっ！　オチン×ン、当たってるぅぅぅ！」

床が硬くて弾力はないものの、膝のクッションだけでペニスの先端が子宮口に当たり、充分すぎるほどの快感がもたらされる。しかも、少年に揉まれているバストからも、心地よさが押し寄せてくる。

「沙由里、どこが気持ちいいんだ？」

「ふえ？　ああっ、いやぁ、そんなの恥ずかしいぃぃぃ！　ふあっ、言えないよぉ！」

と、少女は頭を振って言った。

すると、修介が手の動きをとめてしまった。

「春菜も夏菜も、ちゃんとオマ×コって言ってるんだぜ。このままじゃあ、二人の勝ちかなぁ？」

「ううっ、修くんの意地悪ぅ」

ここで双子のことを引き合いに出すなど、いささか反則だという気がする。しかし、二人が性器の名称を口にしている以上、尻ごみしてはいられない。

「ああ……お、オマ……コ」

「よく聞こえないぞ。ちゃんと、はっきり言ってくれよ、沙由里」

「ああっ……オマ×コ！　オマ×コいいのぉ！　オチン×ンが入っていて、オマ×コ気持ちいいのぉ！」

沙由里は、半ばヤケクソになってそう口走っていた。

「よく言えたな。ご褒美だ」

と、修介が胸への愛撫と同時に、一物を突きあげはじめる。

「ふあっ、あんっ、奥っ……んあっ、オチン×ン、奥にコツコツってぇ！　ああっ、すごっ、これっ、ひあああっ、すごいぃぃ！　ジンジン来ちゃうのぉぉぉ！　ああっ！　修くん、修くぅぅん！　ふあっ、わたし、気持ちいいよぉ！　オマ×コ、気持ちいいのぉ！」

衝撃的な快感がもたらされて、甲高い喘ぎ声が自然に口からこぼれでた。いったん口にしてしまったせいか、もう性器の俗称を声に出すことにも抵抗を感じない。いや、それどころか口にすることで、かえって興奮が煽られる気がする。

「沙由里、すごく色っぽくてエッチだな」

そう指摘されて、沙由里のなかに羞恥心がこみあげてきた。だが、腰は自分の意思と関係なく動きつづけ、なおも快楽を貪る。

「ああっ、修くん、んんっ、は、恥ずかしいっ！　いやっ、あんっ、初めてなのにっ、ひうっ、気持ちよすぎて……ああんっ、腰がとまらないぃぃぃ！　んあっ、修くん、ふあっ、嫌いにならないでっ！　エッチなわたし、ああっ、嫌いにならないでぇ！」

ついさっきまで処女だったというのに、今はセックスの快感を充分すぎるほどに得ている。そのことが、無性に恥ずかしくてたまらなかった。

もしかしたら、大好きな修介に淫乱と軽蔑されてしまうのではないか、という不安が心に湧いてくる。

「嫌いになんてなるもんか！　エッチな沙由里のことも、俺は好きだよ」

腰を動かしながらそう言って、巨乳を揉む少年の手に力がこもった。

それだけで、修介の言葉に偽りがないことが伝わってきて、悦びがこみあげてくる。

「あんっ、嬉し……春菜ちゃんと夏菜ちゃんより、好き？」

つい、沙由里はそう聞いていた。すると、修介が腰の動きをとめてしまった。

「そ、それは……」

と、少年がまた答えにつまる。

思わず口走った言葉だったが、彼の態度を見た途端に後悔の念がこみあげてきた。

「あ、あの、ごめんなさい。わたし、修くんを困らせるつもりじゃなくて……」

「いや、俺のほうこそ……その、正直、自分でもよくわからないんだ。俺、沙由里のことは好きだけど、春菜と夏菜のことも……」

困惑した表情で、修介が告白してくる。

おそらく、彼のなかで沙由里と双子の義妹は、ほぼ同列の存在なのだろう。だから、誰が一番と本人も決められないでいるのだ。

「修くん……わたし、修くんがわたしのことを、春菜ちゃんや夏菜ちゃんと同じくらい好きでいてくれるなら、今はそれでいいよ」

少女の思いやりの言葉に、修介が「沙由里……」と感極まった様子を見せる。

「だけど今は、わたしだけを見て。わたしだけを愛してね」

「ああ、わかった。それじゃあ……」

修介がうなずき、上体を起こした。そして、座位の体勢になって動きだす。

「あああーっ！　いいっ！　修くん、好き、好きっ！　いいっ！　大好きぃぃっ！」

沙由里は快感のあまり、思わず少年の顔を自分の胸に抱き寄せていた。

すると、修介は乳首に吸いついてきた。

「ちゅーっ、ちゅば、ちゅば……」

と、音をたてて少年が突起を激しく愛撫する。

「んはああっ！　やっ、それぇ！　オッパイ、ひううっ、か、感じすぎ……あひいぃいんっ！　ああっ、おかしくなるぅぅ！　オッパイ、あうっ、オマ×コ、きゃふっ、気持ちよすぎるのぉぉ！　すごいっ、ああんっ、すごくいいいぃいぃ！」

身体の内側と外側からもたらされる快電流に、沙由里はすっかり翻弄されていた。

それに、こうして少年のぬくもりを身体中で感じると、幸福感で身も心もいっぱいになる。

修介は、さらに腰を動かしながら口内で乳首を弄《もてあそ》びつづけた。乳頭を舌で弾き、転がすように舐めまわし、さらに吸いあげる。

「ひいいっ！　ああっ、わたひぃぃ！　しゅごひのっ、これぇ！　初めれなのにっ、あああんっ、おかひくなるくらひ、感ひてりゅうううぅぅ！」

乳首と結合部から快感の津波が押し寄せてきて、沙由里は自分でも驚くような甲高い声で喘いでいた。

一応、雑誌の初体験特集などを読んでいたこともあり、沙由里は「初めてのときはだいたい痛いものだ」という先入観を持っていた。そのため、いきなりこれほどの快感を得られることが、自分でも信じられない。

（もしかして、それだけ修くんとわたしの相性がいいってことかしら？）

そうだとしたら、こんなに嬉しいことはない。

「沙由里、そろそろ出そう……」

間もなく、修介が苦しげに訴えてきた。

「わ、わたしも、ああっ、もうイキそう……修くん、一緒、一緒にぃ！」

沙由里も、子宮のあたりに生じた熱の塊が、爆発寸前にまでふくれあがっているのを感じていた。

少女の腰に添えられた腕に力がこもり、修介の腰の動きが速くなる。そして間もなく、少年が「くうっ」と呻くと、熱い精液が膣内に注ぎこまれた。

「ふあっ！　熱いの、出てっ……きゃふうううううううううううううん!!」

同時に、沙由里も今まで味わったことのない大きな絶頂を味わい、浴場に甲高《かんだか》い悲鳴を響かせていた。

（ああっ！　すごいっ！　こんなにすごいの、初めてぇぇぇ！）

オナニーでも、何度かエクスタシーを味わったことはあった。だが、これは別次元の絶頂だ。この空高く飛びあがっているような強烈な感覚と比べたら、自分が今まで経験してきたものなど、ごく小さな絶頂にすぎなかったのだと思い知る。

浮遊感に身を委ねていると、すぐに身体中から力が抜けて、入れ替わるように虚脱感が襲いかかってきた。

「はぁ、はぁ……沙由里……」

「んんん……修くぅぅん……」

座位の体勢のまま、互いに名前を呼び合う。たったそれだけで、修介の愛情が伝わってくる気がした。

（わたし、今とっても幸せぇ……）

身体の内側だけでなく、心まで充分に満たされた悦びに、沙由里は少年の顔を胸に抱いたまま身体を小さく震わせた。

泡天国その4　3対1のあわあわパラダイス

1 ヤキモチ

昼食の前に、修介がフロントまわりの掃除をしていると、幼なじみの少女が銭湯の玄関を開けて入ってきた。

「あっ。しゅ、修くん……おはよう。昨日は休んでごめんなさい。今日から、またがんばるから」

少年の顔を見るなり、沙由里がうつ向きながら挨拶をする。しかし、顔を赤面させつつも、上目遣いにこちらをしっかりと見ていた。

「お、おう……沙由里、身体のほうは大丈夫か？」

「うん……その、昨日はあそこが変な感じで、歩くのも大変だったけど……」

小声でそこまで言って、沙由里がさらに顔を赤くして沈黙した。おそらく、一昨晩のことを思いだしたのだろう。
「あ〜……えっと……と、とにかくまたよろしくな」
幼なじみの少女の態度に感化されて、修介もつい視線を明後日《あさって》の方向にやりながら言った。
（一昨日の夜、本当に沙由里とエッチしちゃったんだなぁ）
興奮のあまり、まるで夢でも見ていたような気もするが、彼女の態度を見ていると
あれが現実だったとわかる。
ただ、もっと話をしたかったが、さすがに一昨日の今日ではなにを言っていいのか
わからない。
「しゅ、修くん、あの……わたし……」
沙由里も同じ気持ちなのか、なにか言おうとしながらも、言葉をつづけられないで
いる。
一昨晩の大胆さが嘘のように、沙由里はもとの引っこみ思案な性格に戻ってしまっ
たようだ。というか、本人もいささか大胆なことをしすぎた、と思っているのかもし
れない。
（ま、俺も沙由里にあんなに大胆な一面があるなんて、知らなかったからなぁ）
おそらく、彼女は思い詰めて一線を越えると、なにかが吹っきれる性格なのだろう。

　ずっと幼なじみをしてきたわりに、意外とまだまだ知らないことがあるものだ、と修介は今さらながらに思っていた。

「あっ、サユ姉、おはよう。もう、身体のほうはいいの？」

　男湯の脱衣所から夏菜が顔を出して、一歳年上の少女に挨拶をする。

　沙由里は昨日、体調不良を理由に仕事を休んだのだった。もちろん、双子に本当のことなど言えるはずがない。

「か、夏菜ちゃん……うん、もう平気。ゴメンね、心配をかけて」

　ソワソワしながら、沙由里がツインテールの少女に小さく頭をさげる。

「そう？　だったらいいけど……」

　と、夏菜がいぶかしげに修介と沙由里を見つめた。

「な……なんだよ？」

　まさか、沙由里と自分の関係を気づかれたのではないか、という焦りが修介の脳裏をよぎる。

（いや、そんなことは……春菜が相手なら、双子だから気づくかもしれないけど、沙由里は他人なんだから）

　すると、そこにエプロン姿の春菜も姿を見せた。

「兄さん、夏菜、そろそろお昼ご飯……って、沙由里お姉ちゃん。身体のほうは、もういいんですか？」

「う、うん……昨日は、休んでゴメンね」

沙由里は、まるでいたずらが見つかることを恐れている小さな子供のように、オドオドしながらうなずく。

「いえ、別にいいんですよ。ところで、一昨日の夜のことなんですけどぉ」

そう言いながら、春菜もジト目で修介と沙由里のことを見つめてきた。いや、見つめると言うより、ほとんどにらみつけているといった目つきである。

（こ、これは絶対に疑われてる……）

と、修介は確信した。

どういうわけか春菜も夏菜も、義兄と幼なじみの関係の変化を疑っているらしい。

昨日一日、沙由里は休んでいたので、双子は修介の態度から変化を感じていたのだろうか？　あるいは、巨乳少女の突然の欠勤に、なにかを感じ取ったのか？

「あ〜、そうだ！　俺、メシの前にボイラーを点けないと！」

あまりの居心地の悪さにいたたまれなくなり、修介は自分でもわざとらしいと思いながらも、とにかくその場を離れることにした。

「あっ。わ、わたしも今日の分のタオルとか畳まないと。昨日、休んじゃったから、そのぶんしっかりやるね」

沙由里も同じことを感じていたのか、そそくさと動きだす。

だが修介は、双子が刺すような視線を向けているのを、背後にずっと感じていた。

2 誰がイチバン？

「な……なんとか、終わった……」

銭湯の閉店時間を迎え、最後の客が帰ったのを見届けた修介は、男湯の脱衣所の片づけをしながら大きなため息をついた。

今日一日、春菜と夏菜の視線がずっと痛くて、まるで生きた心地がしなかった。

「針のむしろに座る思い」とは、まさにこういうことを言うのだろう。

おかげで、いつもより精神的に激しく疲弊してしまった。

(参ったなぁ。これから毎日、こんなことがつづくのか？)

もしもそうだとしたら、とても銭湯の仕事などやっていられない。いや、これから双子の義妹とどう向き合っていけばいいのかわからない。

(沙由里とのことを正直に話したら、なんか地獄を見そうだし……だけど、話さなくても地獄っぽい……)

どうしたものかと、今さらながらに修介は考えこんでしまった。

すると、いきなり脱衣所の引き戸が乱暴に開けられた。そして、春菜と夏菜が沙由里を引っ張るようにして入ってくる。

「な……なんだよ、春菜、夏菜?」

だが、双子は問いかけを無視し、沙由里を少年のほうに押しやった。そして、まるで二人を逃走させまいとするかのように、脱衣所の出入り口前に立ちふさがる。

「兄さんと沙由里お姉ちゃんに、大事なお話があります」

真剣な眼差しで、春菜が口を開いた。

いったいなにを言いだすのかと、修介は固唾を呑んで義妹から次の言葉が出てくるのを待つ。沙由里のほうも、強《こわ》ばった表情で双子を見つめている。

「あっ、あのさっ。二人は……えっと、その……」

と、先に夏菜が口を開いたものの、顔を赤くして言いよどんでしまう。

「……夏菜、いいわ。わたしが言うから」

春菜が静かな口調で妹を遮って、あらためて修介と沙由里を見つめた。

「兄さん、沙由里お姉ちゃん、お二人は一昨日の夜、エッチしましたよね?」

図星を指されて、修介の心臓が四回転ジャンプしそうなくらい大きく飛び跳ねた。

「なっ……なんで、そんなことを?」

一瞬、現場を見られていたのではないか、という疑問がよぎる。しかし、沙由里との行為のあとに双子の様子を見に行ったとき、二人ともソファでグッスリ寝入っていた。目撃していたとは、いささか考えにくい。

また、兄妹とはいえ血のつながりがないのだから、双子の間にあるようなシンパシーが働いたとも思えない。

すると、そんな少年の心を読んだかのように、春菜が大きなため息をついた。

「は～……わたしたち、いったい何年一緒に暮らしていると思います？　兄さんったら昨日一日、沙由里お姉ちゃんのことばっかり気にしていて……」

「そ、そうだよ。それに、サユ姉だって今日一日、なんかおかしかったし。二人を見てたら、なにがあったかすぐにわかるって」

夏菜も、姉につづいてようやく口を開く。

修介としては、昨日も今日もなるべく平静を装ってきたつもりだった。しかし、義妹たちは少年の言動から、幼なじみとの関係の変化を敏感に感じ取っていたらしい。

（ど、どうしよう？　なんとか、誤魔化さないと……）

双子の片方に迫られて、もう一方に見つかったときよりも、これは由々しき事態と言ってよかった。もしも、春菜と夏菜、そして沙由里の三人がケンカになった場合、誰の味方をすればいいのだろう？

それに、沙由里は意外に大胆な一面もあるものの、基本的には引っこみ思案だ。年下の姉妹から揃って糾弾されたら、どうなってしまうかわかったものではない。

さまざまな不安が脳裏をよぎり、修介は隣にいる少女に目をやる。

沙由里はうつ向いて唇を噛みながらも、なにかを我慢しているように見えた。

そんな彼女の態度に、修介の心に一抹の不安がよぎる。

すると、少年の心配に反して、巨乳の幼なじみは顔をあげると双子をまっすぐに見つめた。

「わ、わたし……わたし、修くんが好き！　それに、わたしと修くんは両思いなんだから、エッチしたっていいじゃない！」

沙由里が、絞りだすような声で叫んだ。

「なっ……」

「ええっ!?」

いつもは控えめな少女の口から出た衝撃の告白に、さすがに春菜と夏菜が目を大きく見開いて絶句する。わかっていたこととはいえ、沙由里がそれをはっきりと口にするとは、さすがに思っていなかったのだろう。

すると、巨乳少女が修介の腕にギュッとしがみつき、身体を押しつけてきた。

「さ、沙由里？」

「春菜ちゃんにも夏菜ちゃんにも、修くんは渡さないんだから！　修くんは、わたしだけのモノなの！」

そう言って、少女が腕に力をこめる。すると、大きな胸が少年の腕で潰れて、得も言われぬ心地よさが伝わってきた。この感触だけで、一昨日の出来事が自然と脳裏に甦ってくる。

修介は、巨乳の幼なじみのあまりに意外で大胆な行動に、彼女を振り払うことすらすっかり忘れていた。

春菜と夏菜も、沙由里の言動はさすがに予想外だったらしく、唖然として立ちつくしている。

「……はっ。さ……沙由里お姉ちゃん、なにをやってるんですか⁉」

「そ、そうだよ！　お兄ちゃんから離れてよ！」

ほぼ同時に我にかえった双子が、口々に幼なじみの少女に文句を言う。

だが、いつもは控えめな沙由里は双子を真正面から見据えた。

「いやっ！　絶対に離れない！」

はっきり拒むと、少女はさらに修介の腕にギュッとしがみついた。どうやら、今は少年に関係を迫ったときの大胆な一面が、前面に出ているらしい。

「もうっ！　離れてって言ってるじゃん！」

我慢しきれなくなったらしく、夏菜が飛びかかるようにして修介と沙由里の間に割って入ろうとした。

「絶対にイヤ！　修くんは、わたしの恋人なんだから！」

沙由里はそう言って、引きはがされまいと腕にいちだんと力をこめる。

「お兄ちゃんが、サユ姉の恋人ぉ？」

幼なじみの言葉に、夏菜が目を丸くする。

「そういえば、さっき沙由里お姉ちゃんが『両思い』って言ってましたよねぇ？　兄さん、どういうことか教えてもらえますかぁ？」

一歩離れている春菜が、引きつった笑顔を見せながら少年に話しかけてきた。

「そ、それは……」

修介は、背中に冷たい汗が流れるのを感じながら、言葉につまってしまった。

春菜は普段がおしとやかなぶん、静かな怒りを見せると何者も寄せつけない恐ろしさがある。実際、修介には今の彼女の背後に、恐ろしい悪魔の形をしたどす黒いオーラが立ちのぼっているように感じられた。

「もうっ！　お兄ちゃんは誰が一番好きなの？　もちろん、あたしだよね？」

業を煮やしたのか、夏菜がそう言って少年の顔を見つめる。

「あっ。夏菜、抜け駆け！　兄さんは、わたしが一番ですよねぇ？」

そう言って、春菜まで修介に抱きついてきた。

「二人とも、義理と言っても修くんの妹でしょう？　わたしは幼なじみだし、修くんも昔からわたしのこと好きだって、言ってくれたんだから！」

と、沙由里も腕に力をこめる。

（あははは……こ、困った……）

美少女たちからにらまれて、修介はにっちもさっちも行かなくなっていた。

いずれ、こうなるのは予想できていたことである。だが、いざ現実になるとどうしていいかわからなくなってしまう。

とにかく、沙由里には言ったことだが、今は三人とも大事な存在で優劣をつけられそうになかった。もちろん、いつかは結論を出さなくてはならないことではある。ただ、その答えはもう少し先にならないと見つかりそうにない。

（そ、それにしても……沙由里のオッパイと夏菜のオッパイが押しつけられて……おまけに、春菜のも……）

三者それぞれのバストが体に密着しているため、それぞれの異なる感触がしっかりと伝わってくる。しかも、美少女たちのぬくもりも感じているので、無意識に血液が股間へと集まってきてしまう。

（ヤバイ。こんな状況なのに、興奮しちゃうなんて……）

修介は、内心で冷や汗をかいていた。さすがに、我ながら節操なしという気がしてくる。

そんな焦りを抱く少年を尻目に、三人の美少女はなおも言い争いをつづけていた。

「もうっ。修くんは、おっきなオッパイが好きなんだから！　わたし、二人よりオッパイおっきいのよ！」

「なっ……大きさじゃあサユ姉に負けるけど、あたしだってまだ発展途上なんだから！　もうちょっとしたら、サユ姉より大きくなるかもしれないもん！」

「お、オッパイだけじゃあ、わかりません！　わたしは兄さんの悦ぶことなら、なんだってできるんですから！　兄さんは、誰とエッチしてるときが一番気持ちいいんですか？」

さすがに、胸の大きさのことを出されると不利は否めないのか、春菜が唐突に少年へと話を振ってきた。

「えっ？　いや、そんなこと……ちゃんと、比べたわけじゃないし……」

いきなり聞かれて、修介はついうっかりそう口走ってしまう。

すると、春菜がキラリと目を光らせた。

「わかりました。じゃあ、今すぐにみんなとエッチして、誰が一番か比べてみてください」

「なっ……なにを……」

と、修介は口を開きかけたものの、

「それ、いいいね。あたしとお兄ちゃんと相性が、春菜やサユ姉よりいいってことを、証明してあげるんだから」

そう言って、夏菜が姉の提案にうなずく。

「しゅ、修くんの一番は、わたしなんだし……わたしだって、春菜ちゃんと夏菜ちゃんには負けないもん！」

と、沙由里までポニーテールの少女の言葉に同意する。

「ちょ……ちょっと待った！　三人とも、自分たちがなにを言っているか、わかってるわけ？」

さすがに修介は、焦りを禁じ得なかった。もし、彼女たちが勢いだけで口走っているとしたら、あとでとんでもないことになってしまいそうだ。

「もちろんっ。絶対、あたしが一番なんだからっ。お兄ちゃん、がんばろうねっ」

「オッパイでは、二人に負けますけど……兄さん、わたし精いっぱいご奉仕しますね」

「ほ、ホントは恥ずかしいんだけど……わたしだって、絶対に負けないんだから」

そう言って、夏菜と春菜と沙由里が少年を見つめてくる。

「…………」

三人の決意に満ちた顔を見て、もはや修介は言葉もなかった。

３４P入浴

寝そべった修介の体の上を、全裸になった三人の少女が蠢《うごめ》いている。それぞれが、石鹸をつけたバストをこすりつけるように動いているため、少年の体はすでに泡まみれになっていた。

今は、春菜が修介の上半身に、夏菜がペニスを、そして沙由里が足に奉仕をしている。

（ううっ、気持ちいいけど……これ、なんかすごく変な感じだよ）

一度に三つの快感を味わい、修介は戸惑いを隠せなかった。

なにしろ、それぞれが好き勝手に動いているため、快感も個別にもたらされる。おかげで、昂《たかぶ》りがまるで抑えられない。

双子だけの場合、阿吽《あうん》の呼吸で愛撫してくるのだが、そこに沙由里が入ったことで今までと違う感じがする。それに、春菜と夏菜にしても幼なじみを強く意識しているせいか、いつものコンビネーションが見られず、まるで息が合っていなかった。

「んはっ、んはっ……わたしのオッパイはどう、修くん？」

と、沙由里が動きながら聞いてくる。彼女は少年の片足を持ちあげ、胸にふくらはぎのあたりを挟んで、足パイズリをしていた。

もちろん、ペニスにされるのとはひと味違って、これはこれで激しく興奮できる光景だ。

だが、修介は少女の問いに答えられなかった。とにかくあまりにも心地よすぎて、歯を食いしばっていないと、たちまち情けない喘ぎ声がこぼれてしまいそうになる。

「んっ。修くん、ここも舐めてあげるね。ちゅぱ、ちゅぷ……」

と、沙由里が少年の足の指を舐めはじめる。

(うあああっ！　そ、そんなところまで……)

意外な箇所から快感がもたらされて、修介はおとがいを反らしながら必死に唇を嚙みしめた。

あの沙由里がここまでしてくれるとは、まったくもって信じられない。

「んっ、んふっ……お兄ちゃんのチン×ン、あたしのパイズリでカチカチぃ。ああっ、やっぱりあたしが一番だよねぇ？」

今度は肉棒へのパイズリをしている夏菜が、対抗するように口を開いた。

彼女のバストには、沙由里ほどのボリュームはないものの、両脇からしっかり寄せればパイズリをするのに必要な谷間ができる。そこにペニスを挟まれて、熱心にこすられているのだから、気持ちいいに決まっている。

「んしょ、んしょっ……兄さん、胸も感じていますよね？　わたしの乳首とこすれて、気持ちいいですよね？　はぁ、はぁ、わ、わたしも気持ちよくてぇ」

少年の上半身を泡まみれにしている春菜は、小さな胸の突起を少年の乳首にこすりつけるように動いていた。

確かに、こうされると乳首同士がこすれ、修介にも意外なほどの快感がもたらされる。

最初のときから感じていたが、春菜は他の二人よりも性的な知識をかなり持ち合わせていた。もしかすると、バストが小さいことを知識やテクニックで穴埋めしようと考えているのかもしれない。

とにかく、三人にこすられているすべての場所から快感がもたらされて、さすがに修介も昂《たかぶ》りを我慢できなくなっていた。

「ふああっ！　出る！　も、もう出るっ！」

こみあげるモノをこらえきれず、とうとう少年は情けないほど甲高《かんだか》い声で射精を訴えてしまった。

「ふあっ、お兄ちゃん、んしょっ、出して！　セーエキ、あたしにいっぱいちょうだぁぁぁい！」

と言って、夏菜が手に力をこめる。

「ああんっ！　夏菜、ズルイよ、自分ばっかり！」

「そうだよ！　わたしも、修くんの精液欲しい！」

春菜と沙由里が、身体を動かしながら文句を言う。

「ジャンケンで負けたのが悪いんだよ～だ！　んしょ、んしょっ……」

と、夏菜が動きながら胸をさらにきつく寄せる。

その刺激がとどめになって、修介の我慢がたちまちレッドゾーンを越えた。

「ひうっ……くはあああぁぁぁぁっ！」

我ながら情けない声をあげるのと同時に、大量のスペルマが勢いよく飛びだし、狙い違わず夏菜の顔面に襲いかかる。

「ひゃうぅぅんっ！　すごくいっぱい出たぁぁ！」

顔に白濁液を浴びながら、ツインテールの少女が恍惚《こうこつ》とした表情を浮かべる。

「あんっ。兄さんの精液ぃ！」

射精が終わるなり、春菜がいきなり妹に飛びかかった。

「えっ？　ちょっ……」

夏菜が、姉の行動に驚きの声をあげた。しかし、完全に意表を突かれたため、簡単に押し倒されてしまう。

「ペロ、ペロ……んっ、兄さんの精液、おいしい……ペチャ、ペチャ……」

春菜は、妹の顔についた精を、音をたてて舐めはじめた。

「はっ。は、春菜ちゃん、ズルイ！　わたしも！」

と、沙由里も少年の足を離して、夏菜にのしかかる。

「レロ、レロ……濃いの、いっぱいぃぃ……ちゅる、ぴちゃ……」

「ひうっ。ちょっ……二人とも、お兄ちゃんのセーエキ、あたしのなのにぃ」

思いがけない組み合わせで攻撃を受け、夏菜が文句を言う。だが、こうなっては抗う術《すべ》はない。

（なんて光景だろう……）

修介は射精の余韻に浸りながら、すぐ横で繰りひろげられていることを、信じられない思いで見つめていた。

「ひゃんっ、顔がくすぐったいっ。ああんっ、ちょっと、やめてよぉ！」

「もうっ。夏菜、そんなに暴れないでよ。じゅる、ちゅるる……」

「もうちょっとだからぁ。ちゅぶ、ぢゅぢゅぢゅぢゅ……」

そんなことを言いながら、春菜と沙由里はとうとう精液を舐め尽くしてしまった。

「ふあああ……おいしかったぁ」

「修くんの精液、わたし大好きぃぃ」

と、ポニーテールの義妹と幼なじみの少女が夏菜を解放し、恍惚《こうこつ》とした表情を浮かべる。

一方のツインテールの少女は、すっかりふくれっ面になって、

「もうっ。あたし、ちっともセーエキ飲めなかったじゃんっ」

と、文句を言った。どうやら、スペルマを独り占めできなかったことが、よほど悔しかったらしい。

「兄さん、そろそろ体の石鹸を洗い流しましょうね」

妹を無視して、春菜がシャワーを手にする。

「あんっ。わたしもする！」

「あっ、あたしだって」

そう言って、沙由里と夏菜もそれぞれカランのシャワーヘッドを取った。

三人が、あお向けのままの少年の体に、シャワーをかけて石鹸を洗い流しはじめた。

修介はというと、射精の余韻もあってなすがままになるしかない。

ある程度まで石鹸を流したとき、いきなり沙由里がシャワーを放りだして、少年の顔の上にまたがってきた。

修介の眼前に、ふくよかなヒップと女性器がドアップでひろがる。

「わたし、修くんにオマ×コ舐められたの、すごく気持ちよくて……あの感じが、忘れられないのぉ。ねぇ、また舐めてぇ！」

そう言うなり、巨乳少女がうっすら濡れた秘部を修介の口に押しつけてきた。

（い、いきなり……んぶっ。く、苦し……口が、オマ×コでふさがれて……）

と思いつつも、これでは少年に選択権などまったくない。

仕方なく、修介は口を開けて淫裂に舌を這わせた。

「あっ！　あああっ、舌ぁっ！　ひいっ、舌が動いてぇ！　ひゃうっ、それっ、それいいのぉ！」

沙由里が、たちまち甘い声をあげて喘ぎはじめる。

「うわぁ。お兄ちゃんのチン×ン、もうあんなにおっきくなってきたぁ」

「ああ、兄さんのオチン×ン……とっても、すごいですぅ」

夏菜と春菜が、そんなとろけた声をあげた。修介からは見えないが、双子がどんな表情をしているかは、なんとなく想像がつく。

（ううっ、春菜と夏菜に勃《た》ったチ×ポを思いきり見られて……おまけに、沙由里のお尻がこんな近くにあって、オマ×コを舐めて……）

まったくもって、信じられないことがたてつづけに起こりすぎていて、夢でも見ているかのようだ。

（これって……幸せなのかな？　それとも、不幸なのかな？）

そんな思いが、少年の心をよぎった。

もちろん、端から見れば羨ましい限りかもしれない。しかし、当事者からすれば、この事態をどう収拾するべきか、考えただけで気が滅入ってしまう。

(とにかく、今は三人を満足させるしかないんだろうな)

そう考えた修介は、ひとまず沙由里の秘部を舐める行為に没頭することにした。

4 春菜の絶頂

春菜は、勃起したペニスを見ているうちに、腹の奥に発生した熱いものをこらえきれなくなっていた。

ついさっきまで、義兄の乳首と自分の乳首をこすり合わせていたこともあり、快感ですっかり頭がのぼせたようになっている。加えて、妹の顔に付着した精液を味わったためにセックスへの欲望に火がつき、股間が恥ずかしいほどに濡れそぼっている。

「はああっ。わたし、もう我慢できません!」

と、春菜は妹と幼なじみがなにか言うより早く、義兄の腰の上にまたがった。そして、沙由里と向かい合う格好になると、ペニスをつかんで股間にあてがう。

「ふああっ。兄さんのオチン×ンが、オマ×コに当たってぇ」

ペニスの先端が淫裂に触れただけで、悦びのあまり身体が震えてしまう。

「兄さん、挿《い》れますね。んんんんん……」

そう声をかけ、自ら腰をおろしはじめる。すると、一物が陰唇を割り開いて膣内に侵入してくるのが感じられた。

「はあああああっ！　兄さんのオチン×ンが、入ってきてぇぇぇ！」

そうして腰をおろしきると、春菜の全身が歓喜に包まれる。初めてのときこそ、一物を挿入することに違和感があった。しかし、今はもう修介のペニスが入っていないほうが、かえって落ち着かないくらいである。

（兄さんとセックスするの、こんなに大好きになっちゃって……わたし、本当にエッチな子になっちゃったぁ）

春菜は、以前からセックスに興味を持っていた。だが、義兄のことを思いながらも両親の目もあって、できることと言えば自分を慰めることくらいだった。

それが今では、義兄との本番を何度も経験し、こうして自分から一物を呑みこんで悦んでいる。しかも、淫らな姿を妹と幼なじみにも見られているというのに、少しも気にならない。

（でも、いいの……兄さんが愛してくれるなら、わたしはいくらエッチになってもいいんだからぁ）

そう思いながら、春菜はゆっくりと腰を動かしはじめた。すると、子宮口に亀頭の先端が当たって快感がもたらされる。

「あんっ、修くんの舌ぁ！　いいのっ、もっとぉぉ！」

春菜の目の前では、巨乳の幼なじみがクンニをされて喘いでいた。

彼女が身体を動かすたびに、存在感たっぷりの胸が大きく揺れる。それが、なんとも羨ましい。

春菜のふくらみかけ程度のバストでは、どんなに身体を揺すっても「揺れる」などあり得ないのだ。

（それに、沙由里お姉ちゃん、とってもエッチな顔……）

「ふああっ、そんなに……ふあっ、み、見ないで、春菜ちゃん！」

と言われて、春菜は自分が沙由里につい見入っていたことに、ようやく気づいた。

４Ｐに同意したとはいえ、一つ年上の幼なじみも正面から見つめられるのは、さすがに恥ずかしいらしい。

ただ、普段は性格のせいで目立たないものの、裸になるとやはりスタイルのよさのおかげもあって、沙由里の女らしさが際立つ気がした。正直、一歳上なだけとは思えない。

（やっぱり、沙由里お姉ちゃんが銭湯を手伝うことを、もっと強く反対すればよかったわ）

沙由里が義兄と関係をしていたことを、今さらながら思い知り、春菜はついそんなことを考えていた。

修介が彼女に思いを寄せていたこと、また沙由里も遠慮がちながらいつも義兄を見ていたことには、前々から気づいていた。

それでも、子供の頃は幼なじみの少女とは仲よくしていられたものである。

だが、思春期に入って修介への思いが「好意」から「恋」に変わってから、春菜はなんとなく沙由里のことを避けるようになっていた。また、夏菜も同じ気持ちだったのか、ほぼ同時期から一歳年上の幼なじみを敬遠するようになった。

もちろん、沙由里を嫌いになったわけではない。幼い頃には面倒を見てもらったりしたのだし、好きか嫌いかと問われれば「好き」と答えるだろう。

だが、大好きな義兄を取られてしまうのではないか、という恋する乙女の不安が友情をうわまわっていたのである。

そうして注意をしてきたはずなのに、少し油断した隙に不安が現実のものになってしまった。こうしていると、そのことをしみじみと痛感する。

(だけど、沙由里お姉ちゃんに兄さんは渡さない。夏菜にも渡したくない。兄さんは、わたしだけの……)

そんな思いを抱きながら、春菜は腰をさらに大きく動かした。

「ふあっ！　オチン×ンンンン！　これっ、いいのぉぉ！　あんっ、ああんっ！」

腰をくねらせると、なかでペニスが暴れて強烈な快感が脊髄《せきずい》を貫いていく。

（あぁっ！　オチン×ン、気持ちよくてぇ！　もう、なんでもいいっ！　もっと、もっと気持ちよく……）

と、少女が快楽に流されそうになったとき、夏菜が背後にまわりこんできた。そして、春菜の小振りなバストをわしづかみにする。

「春菜ぁ。こうやって揉んだら、きっとオッパイが大きくなるよ～」

そんなことを言って、妹が胸を揉みはじめた。

「ひゃあっ！　それ、ダメッ！　オチン×ン、入ってるのにぃ！　ひうぅぅっ！　か、感じちゃうぅぅぅ！」

鮮烈な快感がもたらされて、春菜はおとがいを反らしてしまった。

義兄のペニスに貫かれながら、双子の妹に胸を揉まれ、それを幼なじみの少女に見られている。そんなシチュエーションに恥ずかしさを感じながらも、なぜか興奮が抑えられない。

「はっ、あっ、オッパイ……あぁっ、わたしも、オッパイぃぃぃ」

と、クンニされている沙由里が自分で大きな胸を揉みはじめた。どうやら、双子の行為に感化されたらしい。

少女が胸を揉むたびに、お椀型のふくらみがグニグニと変形する。

（羨ましい……あのオッパイ……わたしも、あんなオッパイになれたら）

そう思っていると、ついもっと近くで見たい、触ってみたいという感情が少女のなかに湧きあがってきた。夏菜の胸は何度か触っているが、さすがに沙由里のバストのボリュームは別物である。

女の自分でも触りたくなるのだから、男の修介ならなおさらだろう。

「ああっ、春菜ちゃんがぁ……とっても、エッチな顔してぇ」

「さ、沙由里お姉ちゃんだってぇ……んああっ、オッパイ触らせてくださぁい」

春菜は妹に胸を揉まれながら、懸命に手を伸ばして幼なじみの乳房に触れた。沙由里も、自分の手を離して年下の少女の行為を受け入れる。

触れてみると、なんとも言えない弾力と柔らかさが混じり合った感触が手のひらいっぱいにひろがった。

「ああ、すごい……これが、沙由里お姉ちゃんのオッパイぃぃぃぃ」

このふくらみの感触を味わうと、さすがにどうしようもない敗北感がこみあげてくる。今後、自分のバストがいくら成長したとしても、ここまで大きくなることはあり得ないだろう。

そんなことを思いつつ、春菜は無意識のうちに沙由里に顔を近づけていた。そして、唇を重ねて舌を絡ませ合った。

「ちゅっ、ちゅぱ……くちゅ、ぢゅぱ……」

「ちゅば、じゅるる……ちゅぴ、くちゅちゅ……」

声をもらしながら、二人で互いの舌を貪り合う。

(兄さんとエッチしながら、夏菜にオッパイを揉まれて、しかも沙由里お姉ちゃんと舌まで絡めて……ああ、わたしなんてことをしてるんだろう……)

そう思いながらも、さらなる興奮が身体の奥底からこみあげてくる。

(ああっ！　わたし、そろそろダメかも)

春菜は、本能が絶頂へのカウントダウンを告げはじめたのを感じていた。

「ぷはああっ！　あんっ、あんっ、イクの！　わたし、もうイクのぉぉ！」

唇を離した少女は、喘ぎながら腰をいちだんと大きく動かす。

「じゃあ、あたしも手伝ってあげるよ♪」

夏菜が楽しそうに言って、乳首を摘みあげる。

「ひううっ！　夏菜っ、それっ、はひぃぃ！　変っ、変になっちゃううううぅ！」

春菜は、思わず甲高《かんだか》い声を浴場に響かせていた。鮮烈な快感を受けて愛液がさらに溢れ、結合部のジュブジュブという音がいちだんと大きくなる。

「あんっ、あんっ、修くん、春菜ちゃん！　わたしも、もうっ！」

沙由里も、切羽つまった声をもらす。彼女も、そろそろ限界らしい。

また、幼なじみの下半身に隠れて顔が見えないものの、修介も間もなく射精しそうなのは、ペニスの状態でわかる。

「ああぁっ！　兄さん、来て！　わたしのなかを、ああっ、兄さんで満たしてっ！　はうううううぅぅぅぅぅぅぅぅぅぅぅん!!」

春菜は、妹に胸をつかまれたまま絶頂に達した。それと同時に、膣内に熱い液が注ぎこまれる。

「ひゃううっ！　わたしもっ、イクうううぅぅぅぅぅぅぅぅぅぅぅぅ!!」

少女の絶頂に合わせるように、沙由里もおとがいを反らしてエクスタシーの声をあげた。

大きな胸を突きだしたその姿が、春菜にはとても妖艶で大人びて見える。

（あああああ……三人で、イッちゃったぁぁぁ）

頭が真っ白になって、少女の身体は自然に強ばって震えてしまう。身体がふわふわして、まるで宙吊りにされているかのような感じがしてならない。

やがて、精の放出がとまるのに合わせて、浮遊感も収まった。代わって、一気に虚脱感が襲いかかってくる。

（兄さんのオチン×ンンンン……やっぱり、すごく気持ちいいわぁ）

春菜は絶頂の余韻に浸りながら、ペニスをさらに味わおうとした。

ところが、夏菜が脇の下に手を入れてくると、少女の上体を持ちあげて強引に一物から引き離してしまう。

「あんっ。夏菜、なにするのよぉ？」

思わず文句を言うと、夏菜が頬をふくらませた。

「春菜ばっかりズルイよ。あたしだって、お兄ちゃんのチン×ンが欲しくて我慢してるんだからねっ」

「もうっ。わたし、もっと兄さんを感じていたかったのにぃ」

「お兄ちゃんは、春菜のモノじゃないんだよ」

などと、つい妹と言い争いをしていて、春菜はもう一人の存在をうっかり失念していた。

「ふあああ……修くんのオチン×ン、まだこんなに元気ぃ。ああん、わたしももう我慢できないのぉ。ねぇ。修くん、挿れてぇ」

そう言って、沙由里が少年の前で四つん這いになり、腰を妖しく振る。

「ああっ。サユ姉、抜け駆けっ！」

夏菜があわてて叫んだものの、すでに修介の視線は沙由里の股間に注がれていた。

（だ、ダメ……兄さん、沙由里お姉ちゃんとまたエッチなんて……ああ、だけどわたし、もう……）

妹の責めから解放された春菜は、絶頂後の虚脱感に全身を蝕まれて、そのままグッタリと床に倒れこんだ。

5 沙由里の番

(ああ、修くん早く……早くオチン×ン挿《い》れてぇ)

そんな思いをこめて、沙由里は少年を誘って腰を振った。

春菜にペニスを先に奪われたのは、いささか予想外でまた残念だった。だが、クンニで絶頂に達した直後の今は、一刻も早い挿入を求める思いのほうが強い。

「じゃあ……沙由里、するぞ」

と、修介が起きあがり、膝立ちになってペニスをあてがってくる。

「お兄ちゃん、あたしが先！　あたしを先にしてよぉ！」

と、夏菜が脇から割りこもうとした。

いつもの沙由里なら、つい幼なじみに遠慮して順番を後まわしにしていい、と口走ってしまうところだろう。だが、今ここでお預けを食らったら、気が変になってしまいそうだ。

「しゅ、修くん、早く……わたしが先なんだからぁ」

沙由里は、ツインテールの少女に負けまいと懸命に訴える。

「う～ん……夏菜は、まだ濡れ方が足りないんじゃないか?」

二人を交互に見てから、修介がそう指摘した。

なるほど、一歳年下の少女の股間は確かに湿っているものの、挿入にはやや潤滑油が足りてない感じがする。

「そ、そんなことないよっ。あたし、これでもう充分だから!」

と、夏菜が必死に訴える。

しかし、修介は首を横に振った。

「ダメだよ、夏菜。俺、もう誰にも痛い思いをさせたくないんだ」

「お兄ちゃん……」

義兄の気遣いに、夏菜が目を潤ませる。

「もうこうなったら、あとでちゃんとおまえにもしてやるから。だから、ちょっと待ってな」

(夏菜ちゃんともエッチするなんて、ちょっと悔しいけど……だけど、修くんってやっぱり優しいな)

最近こそ、グウタラでだらしがないと言われているが、子供の頃の修介は思いやりにあふれた少年だった。

春菜と夏菜が新しい家族となったときも、彼は少女たちと少しでも早く馴染もうと、あれこれ考えていた。同性のほうが打ち解けやすいだろうと、沙由里に双子と友達になるよう頼んできたのも、実は修介だったのである。

（あの頃から、わたしは修くんのことが好きだったのかもしれない）

ただ、そんなことを思うと、あらためて少年との関係で双子に先を越されてしまったことが悔しくなってくる。

少女の思いを知ってか知らずか、修介が挿入を開始した。

「んあああああっ！　オチン×ン、入ってきたぁぁぁ！」

いきなり快感が駆け抜けて、沙由里は思わず甘い声をもらす。

すぐに、修介の腰がヒップに当たった。それで、彼がなかまでピッタリと入りこんだことがわかる。

（ああああ……オチン×ン、奥まで届いて……幸せぇ）

一物の心地よさに沙由里が浸っていると、夏菜が前にまわりこんできた。

「サユ姉……あ、あのさ、あたしのオマ×コ舐めてよ」

そう言って、ツインテールの少女はM字開脚して秘部をあらわにする。

「あっ……こ、これがオマ×コ」

沙由里は、思わず声をもらしていた。

他人の陰部を、こんな形で見たのは初めてである。いや、家の浴室に鏡がないこともあり、沙由里は自分のモノすらまともに見たことがなかった。

(女の子のオマ×コって、こんなふうになっているのね。わたしのも、こんな感じで……これを修くんに見られて、舐められて……)

そう思うと、恥ずかしさがこみあげてくるが、同時に身体も自然にうずいてしまう。

「ううっ。沙由里のなか、チ×ポに絡みついてきて……」

と、修介が苦しそうな声をもらす。

ペニスの強《こわ》ばり具合からも、彼がかなり興奮しているのは明らかだ。

「動いて、修くん。奥を、思いきり突いてぇ」

そうねだると、ようやく修介が腰を動かしはじめる。

「あっ、あんっ！　ふあっ、奥にっ！　来るぅぅぅ！　オチン×ン、ひあっ、気持ちいいよぉぉぉぉぉぉ！」

抽送に合わせて、沙由里は浴場に甲高《かんだか》い声を響かせていた。

初めてのときと違い、もう痛みはない。今はただ、心地よさだけが肉体に押し寄せてくる。

「ああっ、あんっ、あんっ、あっ、じゅぶううっ……」

ピストン運動の勢いで、沙由里は自然と目の前にいる少女の股間に顔を押しつけるような形になる。

するると、夏菜が「んあっ」と心地よさそうな声をもらした。

「夏菜のオマ×コ舐めてあげなよ、沙由里」

と、修介が指示を出してくる。

そう言われて、沙由里は素直に舌を出し、目の前の割れ目を舐めあげた。

「ああっ！　サユ姉の舌がぁ！　オマ×コ、いいよぉぉ！」

陰唇を舐められた夏菜が、なんとも気持ちよさそうな声をあげる。

すると、沙由里のほうもなんとなく嬉しくなってくる。

「夏菜ちゃん、もっと舐めてあげるぅ。ぴちゅ、ちゅぱ、ちゅぱ、ちゅぷ……」

少女はついつい、夢中になって舌を動かしていた。

修介も興奮しているのか、ピストン運動がだんだんと荒々しくなってくる。

「あんっ、お兄ちゃんの動きがっ……んあっ、つ、伝わってくるぅ！」

夏菜が喘ぎながら、少し嬉しそうに口走った。

なるほど、突かれると口を彼女の陰唇に強く押しつけることになる。それによって、夏菜にも抽送の振動が伝わるらしい。

うっすら濡れているだけだったツインテールの少女の秘部も、いつしか洪水を起こしたように愛液を垂れ流し、沙由里の唾液と混じって床のタイルに筋を作っている。

不意に、修介が上体を倒して沙由里のバストをつかんだ。そして、胸を揉みしだきながらさらに腰を動かす。

「じゅぶぶぶぅぅうっ！　ひああんっ！　んむっ、くちゅ、じゅぱ……」

乳房と股間から快感が押し寄せてきて、少女の舌の動きは乱れてしまう。

「ひぐっ！　それっ、それいいっ！　あひぃんっ！」

しかし、夏菜の気持ちよさそうな声は、いちだんと大きくなった。どうやら、舐め方が乱れたことによって、かえってイレギュラーな快感を得ているようだ。

「夏菜ぁ。さっきのおかえし、してあげるわねぇ」

ようやく起きあがった春菜が、妹の背後にまわりこんだ。そして、ふくらみを揉みはじめる。

「ひあああっ！　そんな、強くっ……春菜、やめっ……きゃううう！」

夏菜が、甲高《かんだか》い声をあげた。しかし、先ほどのことがよほど悔しかったらしく、春菜はけっこう遠慮のない手つきで妹のバストを揉みしだく。

「あああっ、こんなっ……ひああんっ、あたし、もう、もうううぅぅ！」

上下を同時に責められている夏菜の声のトーンが、急激に跳ねあがった。そろそろ、限界らしい。

とはいえ、沙由里もすでに絶頂の予感を抱いていた。

「ああぁっ！　もうっ、わたしっ！　ひううっ、わたしぃぃぃ！」

エクスタシーへのカウントダウンが迫り、沙由里は甲高い声を張りあげる。

「ううっ……俺も、そろそろ……」

と、修介も呻き声をあげた。

なるほど、彼の腰の動きは小刻みになり、限界まで張りつめた一物もヴァギナのなかでヒクついている。

「ぷはっ、なかにぃ！　精液、わたしにもなかにぃぃぃぃぃ！」

口を離して訴えた瞬間、修介がスペルマを少女のなかに注ぎこんできた。

それを感じた瞬間、沙由里の目の前が真っ白になる。

「ひあああああぁぁぁ！　わたし、イクのぉぉぉぉぉぉぉぉぉぉぉぉぉ!!」

「あたひぃっ！　もうダメッ！　きゃふうううううううん！」

沙由里の絶頂に合わせるように、ツインテールの少女もエクスタシーの声を張りあげた。そして、股間から透明な潮が飛びだしてきて、沙由里の顔に降りかかる。

しかし、その感触も今は心地よく思える。

「はあああああ……」

吐息のような声をもらして、グッタリした夏菜は姉に支えられて激しく息を吐く。

精を出し終えると、修介は腰を引いて分身を抜いてしまった。

（ああ～……オチン×ン、わたしのぉ）

沙由里は、膣内を精で満たしてもらえた悦びと同時に、肉棒の感触がなくなったことに、一抹の寂しさを感じずにはいられなかった。

6　夏菜のなかへ

絶頂に達した夏菜は、胸をつかんだままの姉に寄りかかって、荒い息を吐いていた。

「はぁ、はぁ、あたしぃぃ……春菜にオッパイ揉まれてぇ……ふぅ～……サユ姉にオマ×コ舐められて、お潮を噴いちゃったよぉ」

と、ついつぶやいてしまう。

まさか、春菜からこんな形で反撃を受けるとは思わなかったため、快感を受け流すことがまるでできなかった。それが、いささか悔しい。

しかし、股間のうずきはもう我慢できないところまで達していた。

「兄さん、夏菜の準備はもういいみたいですよ。このまま、してあげてください」

妹を支えたまま、春菜が修介に言う。

すると、義兄が少女の腰を持ちあげた。姉に上体を持ちあげられているので、夏菜の身体は宙に浮いてしまう。

「ち、ちょっと……こんな格好、恥ずかしいよっ」

この体勢だと、真正面から義兄を見つめることになる。いくら肉体関係を持っているとはいえ、これはいささか恥ずかしく思えた。

修介の肉棒は、さすがに三度の射精で見るからに硬度がかなり落ちていた。勃起は保っているものの、最大時の七割か八割といったところだろうか。

しかし、少年はそのままペニスをあてがい、挿入してきた。

「ふあああっ！　入ってきたぁ！」

陰唇を割り開く挿入感に、つい悦びの声がこぼれてしまう。

「ああ……兄さんのオチン×ンが、夏菜のなかにズブッて入っていくぅ」

春菜が羨ましそうに、しかし嫉妬を感じさせる口調で言う。

「んあああっ、いやぁ。春菜、そんなこと言わないでよぉ」

挿入の快感に流されそうになりながらも、夏菜は双子の姉の言葉で理性を取り戻していた。

（恥ずかしい。あたし、なんて格好をしてるんだろう？）

だが、そんなことを思いながらも気持ちよくなっているのも、また事実である。

一物を奥まで挿《い》れると、修介はすぐに荒々しいピストン運動をはじめた。

「あっ、あんっ！　来たっ、あんっ、来てるぅぅ！」

少年の動きに合わせて、つい甘い声がこぼれでてしまう。

ペニスの硬度がやや落ちているとはいえ、夏菜は充分な快感を得ていた。

（ああん、この格好、なんだか変な感じぃ）

なにしろ、春菜と修介に持ちあげられて背中が宙に浮いているため、不安定な感じがぬぐえない。しかも、ピストン運動のたびに下半身全体が揺れて、まるでハンモックに揺られているような気さえしてくる。

ただ、初めての体位で無意識に興奮しているのか、ペニスの硬度が不足気味なわりに快感は充分に得られる。

「はうっ、ふああっ……ああっ、お兄ちゃんのチン×ン、きゃうっ、なかで硬くなってきたぁ！」

ペニスの変化を感じて、夏菜はつい声をもらした。抽送のおかげか、少年の肉棒はいつしか本来の硬度を取り戻しつつある。

「夏菜のなかが、締めつけてくるから……うあああっ！」

いきなり、修介が悲鳴のような声をあげた。同時に、一物が夏菜のなかでビクンッと勢いよく跳ねる。

「ひゃんっ！　な、なに？」

驚いて目を向けると、絶頂の余韻に浸って突っ伏していたはずの沙由里が、いつの間にか修介に寄り添っていた。

「さ、沙由里、お尻をそんなに……」

修介が抽送をとめて、焦ったように口を開く。

夏菜の位置からは、義兄の体に隠れているためよく見えないが、沙由里の片手が少年のアヌスに触れているらしい。意表を突く快感を与えられたために、ペニスが大きく跳ねたようだ。

「んふうう～……修くぅん、ここ気持ちいいのぉ？　わたしぃ、修くんにぃ、もっともーっといっぱい悦んでもらいたいのぉ」

陶酔した表情で言いながら、沙由里はさらに手を動かす。

「ううっ。そ、そんなにされたら……」

脂汗を流しそうな様子で、修介が顔をゆがめた。だが、一物は限界まで勃起を取り戻し、快楽の大きさを夏菜にも伝えてくれる。

どうやら、沙由里は少年を気持ちよくさせたい一心で、肛門を愛撫しているらしい。

そうとわかると、夏菜のなかに対抗心が湧きあがってきた。

「お、お兄ちゃん、もっと動いて。あたしのなかいっぱい突いて、チン×ン気持ちよくなってぇ！」

恥ずかしさをこらえながら、少女は訴えた。ペニスを挿入されている自分が、今は一番有利なのだから、ここで沙由里にリードを奪われるわけにはいかない。

「そうねぇ。沙由里お姉ちゃんには、やっぱり負けられないもの。わたしも、手伝ってあげる」

上体を支えている春菜が、そう言って胸を揉みはじめた。

「ううっ……夏菜のオマ×コがますます締まって……俺、俺……」

と、修介が苦しそうに口を開く。どうやら、胸を愛撫されることで、膣が勝手に締まっているらしい。

「くっ。我慢できない！　動くぞ、夏菜！」

そう言うと、義兄が荒々しいピストン運動を再開した。

「ひゃうっ！　来てるぅぅ！　奥までっ！　硬いチン×ン、ひううっ！　いいっ、いいいいいいいいい！」

思いきり奥を突きあげられると、脳天を貫くような快感が脊髄《せきずい》を駆け抜ける。それが、なんとも心地よい。

「修くん、キスしてぇ」

と、沙由里が少年に顔を近づけた。そして、横を向いた修介の顔に手を添え、唇を重ねる。

修介はキスをしながらも、腰の動きをとめようとしなかった。また、沙由里の指は少年のアヌスをなおも刺激しているらしく、ピストン運動も荒々しいままである。

(あたし、どんどんおかしく……エッチになっていくぅ！)

胸と股間から異なるタイミングで快感がもたらされて、夏菜はいちだんと快感を求める気持ちを抑えられなくなっていた。

「突いてぇ！　はあっ、お兄ちゃん、もっと、んあっ、もっとぉ！　ああっ、好き、好きぃ！　これ、ひゃうっ、気持ちいいのぉぉぉ！」

浴場に喘ぎ声と淫らな音が響き、自分の耳にも届く。それが、ますます夏菜自身の興奮をあおり立てる。

「ああーっ！　もうイク！　あたし、もう飛んじゃうよぉぉぉぉぉぉぉぉぉ！」

昂《たかぶ》りを抑えきれず、とうとう夏菜はエクスタシーの声を張りあげた。

魂が飛び散るような絶頂感に襲われ、目の前が真っ白になってなにも考えられなくなる。

「くっ。すごく締まって……うあああっ！」

修介が呻き声をあげた途端、熱い液が膣内を満たしていった。

(ああ……お兄ちゃんの熱いセーエキが、あたしのなかを満たしてぇぇ……)

四度目なので、さすがに勢いや量にやや物足りなさはある。それでも、最大級の絶頂を味わいながら射精されたことに、夏菜は満足感を得ていた。

7 とどめはローション！

「ふぅ～。今日も疲れたな……」

銭湯の営業時間が終わり、修介は男湯の脱衣所の片づけをしながらため息をついていた。

今日も、若い男性客を中心に大勢の客がやってきて、あわただしい時間が過ぎた。さすがに忙しさには慣れたつもりだったが、客がいなくなると一気に疲労感が押し寄せてくる。

もっとも、今はあわただしくしていたほうが、余計なことを考えずにすんで気が紛れるのも事実なのだが。

そのとき、春菜が脱衣所に顔を見せた。

「兄さん、ちょっと……」

「あーっと、そうだ。早くタオルなんかを片づけないと！」

ポニーテールの義妹の声を聞くなり、修介はわざとらしく大声で言ってタオルなどの入ったリネン袋を担ぎあげた。

「悪い、春菜。俺、まだやることがあるからっ」

と、少年は憮然とする春菜を尻目に脱衣所を飛びだす。

するると、フロントに座って現金を数えていた夏菜と目が合った。

「あっ、お兄ちゃん。ちょうどいいところに……」

「夏菜も、話はあとでなっ」

ツインテールの義妹の言葉も遮って、修介は急いでリネン室へと飛びこむ。

だが、そこには新しいタオルを畳んでいる沙由里がいた。

「あっ。修くん、どうしたの？」

と、巨乳の少女が笑顔を見せる。

「いや、その……俺、ちょっとこれを片づけてくるからっ」

あわてて言って、修介はリネン室を抜けて外に飛びだした。

「ぜー、ぜー……やっぱり、三人と目を合わせるのも怖いぞ」

修介は、天を仰いでボヤいていた。

思いがけない４Ｐを経験してからというもの、修介は少女たちのことをなるべく避けていた。あれ以来、朝や昼間はまだしも、銭湯の営業時間が終わったあと三人が揃っていたりすると、どうにも恐ろしさを感じてしまうのである。

（そりゃあ、４Ｐなんて初めてで、すごく気持ちよかったけど……だけど、あんな思いをするのはもうゴメンだよ）

とにかく、「自分が一番」と春菜と夏菜と沙由里がそれぞれに競い合うさまは、見ているほうが心臓に悪い。

しかも、４Pをしてからというもの、三人が修介を見つめる視線には今まで以上の熱っぽさがこもるようになっていた。まるで、それぞれが「今夜は自分を誘って」と訴えかけているかのようにも思える。

もちろん、異なる魅力を持つ美少女たちから求められるのは嬉しい。しかし、それも程度問題で、今のような状況では恐怖心のほうが先に立ってしまう。

だから修介は、夜になるとなんだかんだと言って、三人のことを懸命に避けていた。

（もう少し頭が冷えないと、誰を選ぶとかも考えられないけど、エッチしてたらそれどころじゃなくなるし……）

とにかく、今は少し少女たちと距離を取っていたかった。

しかし、春菜も夏菜も沙由里も競い合って４Pをやったということを、ほとんど意識させない態度で少年に接してくる。

（いったい、三人ともなにを考えているんだろう？　女の子って、やっぱりよくわからないや）

物心つく前からの幼なじみと、十年以上も一緒に育ってきた双子の義妹。気心が知れているはずなのに、まだまだ理解できないことだらけだ。

そんなことを思いつつ、修介は袋を物置に置いてリネン室に戻った。まだ沙由里がいたら、適当な言いわけをして、さっさと抜けてしまうに限る。

ところが、恐るおそるリネン室に入ってみると、巨乳の幼なじみの姿はなかった。

「あれ？　沙由里、もう帰ったのかな？」

首をかしげながら、修介は戦々恐々としながらフロントに出てみる。

すると、夏菜がまだ席に着いていた。ただ、もう集計は終わっているらしく、どこか手持ちぶさたそうにしている。

「お兄ちゃん、やっと帰ってきた！」

少年の顔を見るなり、義妹が顔を輝かせてフロントから出てくる。

「おっと。ゴメンな、夏菜。俺、まだやることが……」

だが、言葉の途中で、今度は少女に手をガッチリとつかまれてしまった。

「もー。お兄ちゃん、最近いっつもそうやって、あたしたちから逃げようとするっ」

と、夏菜が頬をふくらませる。

(う～ん……やっぱり、見抜かれてるなぁ)

小さい頃から一緒に暮らしている義妹を相手に、適当な言いわけはやはり通用しないらしい。こちらが、相手のことをよくわからなくなっているのに、向こうは自分のことをすべてお見通しっぽいのが、少し悔しく思えてくる。

すると、夏菜が一転して笑みを見せた。

「お兄ちゃん、ちょっとこっち来てよ」

そう言って、少女が手を引っ張る。

「え？　お、おい。そっちは女湯……」

少年の手を引いて夏菜が向かおうとしているのは、紛うかたなき「女」の暖簾《のれん》がかかっているほうである。

「いーからっ。ほら、入って！」

と、少女が強引に修介を女湯の脱衣所に引っ張りこんだ。

一瞬、脱衣所で春菜や沙由里が待ちかまえているのではないか、という予感が少年の脳裏をよぎる。

だが、そこには誰の姿もなかった。

ついつい、「ふう……」と安堵の吐息がこぼれる。ところが、その一瞬の油断をつくように、夏菜が後ろから少年のシャツに手をかけてきた。

「お兄ちゃん、一緒にお風呂入ろっ♪」

「なっ!?　なに言ってるんだよ、夏菜!?」

修介は、思わず怒鳴ってしまった。

「えー。もう、何度もエッチしてるし、前にも一緒にお風呂に入ったじゃん」

と、ツインテールの義妹が不服そうな顔を見せる。

「それはそうだけど……その、春菜に見つかったら……」

この双子の間には、不思議なシンパシーが働いている。特に、エッチ関係のこととなるとやたらと鋭敏で、今まで片方がもう一方を出し抜けたためしがない。

だが、夏菜は妙に自信満々な笑みを浮かべた。

「大丈夫だって。ほら、あたしが脱がしてあげるからっ」

そう言って、少女は強引に修介のシャツを持ちあげようとする。

「まったく……仕方がないなぁ」

これ以上は抵抗しても時間の無駄だと思い、修介は義妹に脱がされるままになった。

夏菜の言う通り、すでに何度も肌を重ねた仲なのだから、恥ずかしがっていても仕方がないだろう。それに、このところ少女たちを避けてきて性欲の発散をしていなかったため、義妹に密着されて欲望が鎌首をもたげてきた、という事情もある。

夏菜は少年のシャツを脱がせると、ズボンにも手をかけてきた。

「い、いいって。ズボンくらい、自分で脱ぐよ」

「いいから。あたしに任せてよ、お兄ちゃんっ」

恥ずかしがる修介に対し、少女はまるで意に介する様子がない。その天真爛漫《てんしんらんまん》っぽい感じは、いつもの夏菜の態度そのものだ。

義妹にズボンとパンツを引きさげられ、下半身が露出する。さすがに、半分勃起した一物を見られるのが恥ずかしくて、修介は前を手で隠してしまった。

「じゃあ、あたしも脱いじゃおうっと。んしょっ」

そんなことを言って、夏菜も大胆に自分の服を脱ぎはじめる。

女の子が服を脱ぐところを、間近でマジマジと見つめるのは気恥ずかしく思えて、修介は思わず視線をそらした。だが、つい好奇心に駆られて、視界の端でその様子をとらえてしまう。

「ふ～んふふ～ん……♪」

夏菜は、鼻歌交じりにシャツやズボンを脱いで脱衣籠に放りこみ、可愛らしい花柄模様の入った下着姿になった。そして背中に手をまわし、ブラジャーをはずして籠に入れる。

肌をあらわにしていく少女が妙に楽しそうなのは、もしかしたら修介が横目で見ていることに気づいているからなのだろうか？

（チ×ポ勃《た》っちゃってるし、ホントは気づいていて、わざと見せているのかな？）

修介がそんな疑問を抱いているうちに、夏菜はショーツに手をかけた。そして、スルスルとパンツを脱いでしまう。

全裸になってショーツも脱衣籠に入れると、夏菜は恥ずかしがる様子もなく修介に近づき、股間を隠している少年の手をつかんだ。

「さっ、一緒に入ろっ」

少女は思いきり手を引っ張って、修介を浴場のほうへと誘導する。

女湯も、浴場の構造自体は男湯と変わらない。だが、ついさっきまでここが女性客たちで賑わっていたのだと思うと、まだ裸の女性たちの芳香が残っている気がしてドキドキしてしまう。

夏菜は、浴場の引き戸をガラガラと勢いよく開けた。

「お待たせ～!」

いったい、なにが「お待たせ」なのかと思い、修介は顔をあげる。

「なんなんだ……って、ええっ!?」

さすがに驚きを隠せず、修介は素《す》っ頓狂《とんきょう》な声をあげてしまった。

なんと、女湯の浴場には、すでに裸になった春菜と沙由里がいたのである。二人とも、まるで客を迎えるかのように正座している。

しかも二人の前には、なぜかプールで使うエアマットが用意されていた。さらに、春菜の傍らには石鹸と洗面器、それに半透明で筒状のなにかの容器も置かれている。

「あっ、修くん……いらっしゃい」

沙由里は、少年の顔を見るなり恥ずかしそうに頬を染めた。しかし、以前のように視線をそらしたりはしない。

「兄さん、遅かったですね。待ちくたびれちゃいましたよ」

そう言って、春菜が妖しげな笑みをこぼす。彼女があいう笑みを見せるときは、なにか少年が驚くようなことを企んでいる場合が多い。

「な……ななななな……これは、いったい？」

予想外の事態に、修介はすっかりパニックを起こしていた。

春菜と沙由里が浴場にいたこともそうだが、なぜエアマットまで用意してあるのだろうか？

「ほら、お兄ちゃんっ。ボケッとしてないで、こっちだよっ」

夏菜は状況をわかっていたらしく、戸惑う様子もなく少年の手を引っ張ってマットの前まで連れていく。

「さっ。ここに寝転がってよ」

パニック状態の修介は、戸惑いながらもツインテールの義妹に言われるまま、マットの上であお向けになるしかなかった。

「それじゃあ、はじめましょうか？」

と言って、春菜が半透明の容器を手に取り、フタを開けて自分の手のひらに傾《かたむ》けた。すると、ドロッとした透明な液体が流れでてくる。

春菜は、手からこぼれ落ちるくらい液を注ぐと、すぐ少年の腹に垂らした。

普通に触られるのはもちろん、石鹸とも違うヌルッとした液の感触に、修介は思わず「うあっ」と声をもらしてしまう。

「ふふっ。これ、通販で買ったローションなんですよ。どうですかぁ？」

と言いながら、春菜がローションを手で円を描くようにひろげていく。

「ど、どうって言われても……」

ヌメヌメしたものが体を包んでいく感覚は初めてということもあり、なんとも妙な感じがした。ただ、不快かと言ったらそうでもない。

ある程度塗りひろげると、ポニーテールの少女が横から身体をくっつけてきた。

「あとは、身体でしますねぇ。んっ……んしょ、んしょっ……」

春菜は声をもらしながら、胸を使ってさらにローションをひろげるように動きだす。

石鹸とは違うヌルヌルした液体のおかげで、その行為は非常にスムーズだ。

少女が動くたびに乳首同士がこすれて、修介にもなんとも言えない快感がもたらされた。おかげで、ただでさえ勃起しかけていた一物が、ますます元気になってしまう。

「ふあっ、あんっ、オチン×ン、あんなに大きくぅ……んはあっ、兄さん、どうですかぁ？　んしょ、やっぱり、あふっ、わたしが一番ですよねぇ？」

甘い喘ぎ声をもらしながら、春菜が聞いてくる。

だが、修介が口を開くより先に、

「あんっ、あたしだって負けないんだから！」

と、姉の大胆な行為に虚を衝かれていた夏菜が、ローションの容器を手にした。そして、いったん液体を自分の手のひらに取り、胸の谷間にビチャッとくっつける。

「ひゃんっ。ちょっと冷たいかも」

可愛らしい声をあげつつも、ツインテールの少女はローションを自分の胸から腹のあたりにまで塗りたくった。それから、自分の足で修介の片足を挟むようにくっついてくる。

「今日こそ、お兄ちゃんにあたしが一番だって認めてもらうんだからっ。んしょ、んしょ……」

夏菜は少年の足首を持ち、足全体にローションをこすりつけるように、ヌルヌルになった身体を動かしはじめた。

すると、乳房に挟まれた格好の足から、なんとも言えない心地よさがもたらされる。

「ううっ……そ、それ……」

体と足からの快感に、修介は思わず呻き声をあげた。

さらに、夏菜は足の指先に舌を這わせてくる。

「んっ、ちゅろ、ちゅぱ……」

「ふああっ！　あ、足の指がっ。ううっ」

思いがけないところからの快感に、修介は甲高《かんだか》い声をあげていた。

前に沙由里に舐められたことはあるが、口に含まれるとくすぐったさより心地よさが先に立つ。これも、興奮状態だからなのだろうか？

「あんっ、もう……わたしだってぇ」

と、身体をこすりつけていた春菜がペニスを握った。そして、肉棒全体にローションをまぶすようにしごきはじめる。

「あううっ！　そ、それ……」

ぬめったものに分身を包まれる感触に、修介はさらに声をあげて、おとがいを反らしてしまった。ローションがあると、普通に手コキされるのとはまた違った感じがして、なんとも心地よい。

「あっ。わ、わたしだって春菜ちゃんや夏菜ちゃんには負けないんだから！」

双子の大胆な行為に呆気に取られていた沙由里も、ようやくローションを手にした。

そして、ネットリした液を自分の胸になすりつける。

だが、そこで少女の動きがとまった。なにしろ、すでに修介の体とペニスは春菜に、足は夏菜に占拠されているのだ。どこを愛撫していいか、迷っているのだろう。

「……そ、それならっ」

と、沙由里は少年の顔のほうにまわりこんだ。そして、大きな胸の谷間で修介の顔を挟みこむ。

柔らかな双丘に顔を包まれ、修介は思わず「んぷっ」と声をもらしていた。少女の白い肌が眼前いっぱいにひろがり、視界が完全に遮られてしまう。

「はぁ〜。修くん、わたしのオッパイを顔で感じて。よいしょっ、よいしょっ……」

と言いながら、沙由里が顔パイズリをはじめる。少年の顔は、たちまちヌルヌルしたものにまみれていった。

(うはあ！　沙由里のオッパイで、顔をこすられて……しかも、ローションのおかげでツルツルしているから、なんかすごく気持ちいい！)

修介は心のなかで、悲鳴に近い声をあげていた。彼女の巨乳に顔を押しつけたことはあるが、挟まれると興奮の度合いがまた違うように感じられる。

「ああんっ、沙由里お姉ちゃんってば。兄さんのオチン×ン、ビクンッて跳ねたじゃないですかぁ」

「もうっ。あたしだって、サユ姉には絶対に負けないんだからねっ！　んしょっ、んしょっ……」

口々に言って、双子も動きにいちだんと熱をこめる。おかげで、修介の全身はすっかりローションまみれになってしまった。

「んっ、んっ、どうかな？　気持ちいい、お兄ちゃん？」

「んしょっ、んふっ、わたしのオッパイいい、修くん？」

「はふっ、んはぁっ、兄さぁん、これはどうですかぁ？」

身体を動かしながら、少女たちが口々に聞いてくる。

だが、修介にはその問いに答えることなどできなかった。顔を沙由里のバストに挟まれているのもさることながら、全身から押し寄せる快感の前に、今や口を開く余裕すらない。

（なんで、ローションプレイなんかに？）

という疑問はあったが、水や石鹸とは違う液体の肌触りに新鮮な快感を覚えているのも事実だ。

「んしょ、んしょっ、じゃあ、そろそろ交代しましょう」

しばらく顔パイズリをして、沙由里が口を開いた。そして、少年の顔から胸を離す。

「もうなの？　は～、仕方ないなぁ」

夏菜が、不満そうにしながらも足から身体を離す。

「まぁ、そういう約束ですから仕方がないですね」

と、春菜もペニスから手を離し、上体を起こして意味深な笑みを浮かべる。

いきなり快感をとめられて、修介は思わず「ふえ？」と情けない疑問の声をあげていた。

「ふふっ、大丈夫ですよ、兄さん。今度はぁ……」

そう言いながら、ポニーテールの少女はいったん離れて石鹸を泡立てた。そして、自分の股間に泡をこすりつけると、修介の手をそこに導く。

だが、手が陰唇に触れるかと思ったとき、春菜はそのまま身体全体を前に寄せて前腕まで挟みこんだ。そうして、自分の股間を少年の腕に押しつける。

「んはぁ……こうしてぇ、兄さんの腕を洗ってあげますねぇ。んしょ、んしょ……」

と、甘い吐息をもらしながら、春菜が淡い陰毛を前腕にこすりつけるようにしながら腰を前後に動かしはじめた。騎乗位に似た動きによって、たちまち修介の腕が泡にまみれていく。

「ああっ。春菜、またズルイよ！　あたしだって！」

そう言うと、夏菜も自分の股間に石鹸をこすりつけた。そして、少年のもう片方の腕を手にとって自分の股間に押し当てる。

「こうやって……それで、こうかな？　んんっ、あんっ、オマ×コ、こすれるぅ！」

腰を動かすなり、夏菜が甘い声をあげる。

「夏菜、ダメよぉ。はんっ、これはオマ×コの毛でぇ、んんっ、兄さんの腕を洗う感じで動くのぉ、ふはぁぁっ」

股間を腕にこすりつけながら、春菜が注意した。しかし、その表情はすでに快感でズである。

陶酔しきっている。

「そ、そうなの？　こう……かな？　んっ、んんんっ……」

夏菜が、姉と同様に陰毛をこすりつけるような動きをしはじめた。ややぎこちなかったものの、少女の身体全体にローションがついているおかげで、動き自体がスムーズである。

（こ、これがたわし洗いってヤツか？）

ネット動画で見たことはあるが、実際にしてもらえるとは夢にも思わなかった。

ただ、すでにローションで濡れていることと、双子の恥毛自体が薄めなこともあって、毛の感触はあまり感じられない。

「ああ～。修くんのオチン×ン、またカウパーが出てきてるぅ」

と、沙由里が嫉妬混じりの声をあげた。

ただでさえ、美少女たちのぬくもりを全身に感じ、春菜に一物をしごかれていたのだ。加えて、両腕にたわし洗いまでされては、年頃の青少年に耐える術《すべ》などない。ペニスを刺激されなくても、自然に射精しそうなほど昂《たかぶ》ってしまうのも当然だろう。

「もうっ。わたしだって、二人には負けないんだからね」

そう言うと、沙由里が少年の腰を持ちあげ、ペニスを胸の谷間に挟みこんだ。

「こうすれば、パイズリしやすいのよね……んっ、んっ……」

と、少女が手で胸をグニグニと動かしはじめる。

すでに、一物全体がローションにまみれているため、動きは非常にスムーズだ。しかも、沙由里が胸を動かすたびに、グチュグチュと粘着質な音もする。

「ああん、エッチな音ぉ。でも、なんだかわたしまで興奮してきちゃうぅ」

そう言いながら、沙由里の手に力が入り、パイズリにいちだんと熱がこもる。

「はっ、あっ……すごい、沙由里お姉ちゃんのオッパイ……」

「んんっ、ふあっ、ホント、やっぱりあれは反則だよぉ」

たわし洗いをつづけながら、双子が嫉妬混じりの声をあげた。やはり、パイズリがたやすい幼なじみの巨乳に、羨望の念を隠せないらしい。

（うはあっ。そ、それにしても、なんて光景なんだ……）

修介は、快楽のなかにも戸惑いを感じていた。

なにしろ、自分の両腕で義妹の双子がたわし洗いをし、さらに沙由里が分身にパイズリ奉仕をしているのだ。しかも、ローションを使ってのプレイである。

現実に経験していても、いや、だからこそかえって信じられないものを見ている気がしてならない。

「はっ、あっ、兄さん、わたしいぃ」

「んんっ、ふあっ、お兄ちゃぁあん」

股間をこすりつけている春菜と夏菜の呼吸が、次第に乱れはじめた。石鹸にまみれているものの、二人の股間から愛液が溢れだしているのは、腕に伝わってくる感触でわかる。

「んっ、んしょっ……修くん、わたしもオッパイ気持ちいいよぉ」

パイズリをしながら、沙由里も口を開く。彼女の顔は上気し、目がトロンとして陶酔しているように見える。双子に対抗しているのではなく、本当にパイズリで自分も快感を得ているらしい。

不意に、春菜と夏菜が同時に腰を大きく引き、少年の指を己の股間にあてがった。

「お兄ちゃん、オマ×コに指を入れてぇ」

「兄さん。オマ×コ、指で弄ってくださぁい」

と、二人が同時に訴えてくる。こういうとき、なぜか妙に息が合っているのも双子ゆえだろうか？

半ば朦朧《もうろう》としていた修介は、求められるままに二人の陰唇に指を沈みこませた。

「ふあああぁっ！　指が来ましたぁぁぁ！」

「ひゃうううっ！　指、入ってきたぁぁ！」

少年の指が挿入されるなり、春菜と夏菜が甘い声をあげる。

（くうっ。やっぱり、夏菜のほうが締めつけが強いかな？）

修介は、あらためて二人の膣の微妙な感触の違いを味わいながら、指を動かした。

「あっ、あっ！　それっ、はううううっ、いいよぉぉ！」

「兄さんの指で！　ひゃうっ、オマ×コ洗われてぇ！」

双子を喘がせながら、修介はさらに指を動かしてGスポットを探り当てた。

「ひゃうっ！　に、兄さん、そこはぁぁ！」

「ああっ！　あたし、また潮噴きしちゃうよぉ！」

さすがに、春菜と夏菜もあわてた様子を見せる。

だが、ここまで来てやめるつもりなど毛頭ない。修介は、双子の敏感な部位を指の腹でこすった。

「ひあああっ！　そこっ！　兄さ……ひゃうっ、よすぎですぅぅぅぅ！」

「きゃふううっ！　お兄ちゃ……あひぃぃぃぃんっ！」

甲高《かんだか》い声をあげて、双子が同時に大きくのけ反る。

春菜と夏菜を愛撫しながら、沙由里のパイズリでペニスから甘い刺激を味わう。こうしているだけで、昂《たかぶ》りが頂点に達してしまいそうだ。

「はぁ、はぁ、オチン×ン、ビクビクしてるぅ。修くん、いいよっ、出してぇ。わたしの顔に、精液いっぱい出してぇ！」

そう言って、沙由里が手にいちだんと力をこめる。さらに少女は、先っぽに舌を這わせてきた。

「んしょっ、んしょっ、じゅるるる……んっ、んっ、レロロ～……」

幼なじみの少女が、ローションと先走り汁を舐め取るように熱心に舌を動かす。

「うあっ、出る！　もう出る！」

パイズリのあまりの心地よさに、修介はつい訴えていた。腰が勝手に跳ねてしまい、射精感がまるで抑えられない。

「あああっ！　それぇ！　指、強すぎてぇぇ！」

「ひゃんっ、あたしもイクッ！　イッちゃうよぉぉ！」

春菜と夏菜も、切羽つまった声をあげる。どうやら、パイズリで指の動きが乱れたぶん、イレギュラーな快感がGスポットにもたらされているらしい。

ついに我慢の限界に達した少年は、沙由里の顔面にスペルマを思いきりぶちまけた。

「きゃふうっ！　出たっ、出たのぉ！」

と、幼なじみの少女が顔に精を浴びながら悦びの声をあげる。

「ひううううっ！　もう、ダメですぅぅぅぅぅぅ！」

「ああああっ！　あたし、イクのぉぉぉぉぉぉ！」

ほぼ同時に、双子が絶頂に達した。それとともに潮が噴きだして、少年の手をびしょ濡れにする。

双子の姉妹は、しばらく身体を強《こわ》ばらせていた。が、やがて同時にグッタリと前のめりになって、両手を床についた。

「ふあああ……イッちゃったぁ。お兄ちゃんにぃ、またイカされちゃったぁ」

「はあ、はああ～、すごいですぅ……兄さんの指、まるで魔法の指みたいぃ」

絶頂の余韻に浸りながら、双子が口を開く。

「修くんの精液……ペロ、ペロ……ああ、とっても濃くてぇ。おいしいよぉ」

顔についた精液を手ですくって舐めながら、沙由里も艶やかに微笑んだ。彼女の表情からは、もう以前の引っこみ思案な性格の面影は感じられない。

「ふああ～……それじゃあ、兄さんの体を洗いましょうか？」

一息ついて、春菜がそう言ってシャワーヘッドを手にした。そしてお湯を出し、少年の体のローションを手で洗い流しはじめる。

「あんっ。あたしもするっ」

「わたしも、洗ってあげる」

と、夏菜と沙由里も手でこすりながら、ローションや精液を洗い流していく。

(ううっ、三人の手が体を這って、気持ちよすぎてまた勃っちゃうよ)

不安は的中し、射精でやや元気を失いかけていたペニスは、少女たちからの刺激によって見るみる硬度を回復してしまった。

「お兄ちゃん、背中も洗ってあげるから、うつ伏せになってよ」

と、夏菜が指示を出してきた。

(背中にも、ローションがついちゃったからな)

そう思って、修介は特に疑問も抱かずにうつ伏せになる。

ところが、三人はシャワーをとめると、また石鹸の泡を立てはじめた。そして、手でベタベタと泡をこすりつけてくる。

「じゃあ、わたしが背中を洗ってあげるわね」

そう言うと、沙由里が横から少年の背中に胸をこすりつけてきた。彼女の巨乳がフニュンと背中で潰れた感触が、なんとも心地よい。

「んしょ、んしょ……」

と、沙由里が身体を動かしはじめる。

「んっ、んしょっ……んはっ、ああっ、わたしもっ、乳首こすれてぇ……ふあっ、気持ちいいのぉ……はっ、んんっ……」

幼なじみの少女が、修介の背中を胸でこすりながら甘い声をもらす。

「はぁ〜。やっぱり、オッパイだけはサユ姉に敵わないなぁ」

「そうねぇ。でも、他のことなら負けないいんだから」

夏菜と春菜が、そう言いながら少年の下半身に手を這わせた。

双子は、膝の裏や足の裏はもちろん、アナルから陰嚢《いんのう》にかけても手を這わせて、たちまち泡まみれにしていく。

(ううっ、お尻まで……な、なんて気持ちがいいんだ)

少女たちの熱のこもった奉仕に、修介はすっかりなすがままになっていた。

そうしてひとしきり洗うと、三人の少女はまたシャワーで石鹸を洗い流しはじめた。

「じゃあ、今度はまたこれですね」

石鹸を流し終えたところで春菜の声がして、背中にローションを垂らされる感触があった。

どうやら、背中にも潤滑液をまぶすつもりらしい。

三人の手がペタペタと少年の背中を這い、ローションがひろがっていくのが感覚でわかる。

(なんだか、サンオイルを塗ってもらっている感じだな)

本来、男が女の子の背中に塗るのが定番だろうが、これはこれでなんとなく気分がいい。

「兄さん、わたしもまたオッパイで塗ってあげますねぇ」

そう言うなり、春菜が身体をこすりつけてきた。そして、なだらかなふくらみでローションを塗りはじめる。

「もうっ。春菜ったら、また抜け駆けっ」

と、夏菜が不服そうな声をあげる。うつ伏せになっているので顔は見えないものの、彼女が唇を尖らせているのは想像がつく。

「……あっ、そうだ。あたし、ここを舐めちゃおうっと」

という夏菜の声がするなり、肛門に舌が這う感触があった。

「うああっ！　そ、そんなところに……き、汚いぞ、夏菜！」

修介は、ついそう口走っていた。

前に、沙由里にアヌスを指で弄られたことはあるが、舌は初めてである。さすがに、大便の排泄口に口をつけられることには抵抗がある。

「レロ、レロ……大丈夫だよ。さっき、ちゃんと洗ったし。それに、お兄ちゃんのだったら、あたしはどこを舐めても平気だもぉん。チュロ、ピチュ……」

殊勝なことを言って、夏菜がさらに舌を這わせてくる。

「ううっ、そ、それ……はううっ！」

ツインテールの義妹の舌が肛門をとらえ、甘い刺激を送りこんでくる。

ペニスの根元に近い部分を刺激されているため、修介はたちまち昂《たかぶ》って二度目の射精をしてしまいそうになっていた。

アヌスを舐められるのが、これほどの快感をもたらしてくれるというのは、さすがに想像もしていないことだった。

(うはあっ！　クセになっちゃいそうだよ、これ！)

そんな危機感を、ついつい抱いてしまう。

修介の背中やヒップからローションがこぼれ落ち、せっかく洗ってもらったペニスまで、いつの間にかまたヌルヌルになっていた。

すると、あぶれた格好の沙由里が、少年の前にまわりこんできた。そして、しゃがみこんで足をM字にひろげる。

「修くん……わたしのオマ×コも、指で弄って……洗ってぇ」

恥ずかしそうにしながら、沙由里がそう訴えてきた。

(沙由里が、こんなことを言うようになるなんて……)

いつもの控えめな少女からは想像もつかない淫らさに、修介は驚きを隠せなかった。

とはいえ、もう拒めるはずもないので、素直に沙由里の陰唇に指を這わせる。

「ああーっ！　修くんの指がぁ！　あんっ、いいっ！　ふあっ、いいよぉ！」

少女の喘ぎ声を聞きながら、修介は指で陰唇をひろげてグリグリと弄くった。

「もうっ。二人には負けないんだから！　んあっ、あんっ、これぇ！　はうっ、乳首が気持ちいいですぅぅ！」

対抗心を燃やした春菜も、いちだんと動きに熱をこめて喘ぎだす。やはり乳首が勃っているため、こすることで充分な快感を得ているらしい。

（……それにしても、とんでもないシチュエーションだよな、これ）

今さらながら、修介は朦朧《もうろう》とした頭の片端でそんなことを思っていた。

なにしろ、夏菜にはアヌスを弄られ、春菜のバストで背中をこすられながら、沙由里の陰唇を愛撫しているのである。つい数週間前までは、自分がこんな経験をするなど夢に見たことすらなかった。

もしも、両親がこの光景を見たら、間違いなく卒倒するだろう。

とはいえ、ローションプレイがあらゆる面で興奮をあおるのも事実だった。

すでに、ペニスはエアマットを押しかえさんばかりに硬くなり、カウパー氏腺液を垂れ流している。先ほど出していなかったら、しごかれてもいないのに暴発していたのは確実だ。

「あっ、ああああっ！　わたし、もう、もうぅぅぅ！」

沙由里の声のトーンが、不意に跳ねあがった。愛液の量も増して、彼女が絶頂間際なことを伝えている。

修介は、幼なじみの少女の腰を引き寄せると、陰唇に舌を這わせた。

本当は優しく舐めようと思ったのだが、肛門を舐められて興奮しているため、つい舌使いが乱暴なものになってしまう。

「ひゃううっ！　修くんの舌っ、きゃはあああっ！　それっ、ひうっ、されたら、ああんっ、わたしぃぃぃ！」

沙由里がのけ反り、切羽つまった声を張りあげる。

修介は指で陰唇を割り開くと、プックリした小さな肉豆に舌を這わせた。

「ひあああっ！　そこっ、いいのぉぉぉ！　あああっ、わたし、もうっ、もうっ、イッちゃうううううぅぅぅぅぅぅぅぅ!!」

絶叫とともに、沙由里の股間から潮が噴きだして、修介の顔面を濡らす。

「ひゃうううっ！　まだ、ああっ、まだイクのぉぉぉぉぉぉぉぉぉぉぉぉ!!」

少女は潮を噴きながら、身体をガクガクと震わせていた。どうやら、通常よりさらに高いエクスタシーへと達したらしい。

「ひあああああぁぁぁ……はぁ、はぁ……い、今の、すごかったぁぁぁ」

やがて、全身を弛緩させた沙由里が、陶酔しきった顔をしてつぶやいた。

それを見て、双子が同時に少年への愛撫をやめて起きあがった。

「はあぁ～。兄さぁん、わたしに硬いオチン×ンを挿れてくださぁい」

「お兄ちゃぁん。あたし、チン×ンが欲しくて欲しくてたまらない～」

春菜と夏菜はそう言って、並んで島カランに手をついて尻を突きだす。

「ふあぁ～……わたしにもぉ、修くんの大きなオチン×ン挿《い》れてぇ」

と言うと、絶頂に達した沙由里までフラフラしながらも夏菜の横に並び、ヒップを突きだしてくる。

(す、すごい光景だな……)

双子が並んだ姿は見ているが、そこに沙由里まで加わるとまさに壮観というしかなかった。

こうして見ると、それぞれのヒップの肉づきに違いがあるのもよくわかる。また、ローションやお湯で濡れ光っている尻が、なんとも扇情的でたまらない。

ただ、三人から同時に求められても、さすがに修介は戸惑うしかなかった。

「えっと、一人ずつ順番というわけには?」

少年が恐るおそる尋ねると、

「ダメです。今すぐ、欲しいんですから」

「あたしも、すぐに挿れて欲しいのっ」

「わ、わたしだって、もう我慢できない!」

と、美少女たちにあっさり却下されてしまう。三人とも、すっかりできあがっているらしい。

(こうなったら、端から順々に挿れていくしかないか)

そう決断した修介は、まず春菜の後ろに立った。そして、スレンダーなヒップをつかむと、陰唇にペニスを挿入する。

「ああーっ！　兄さんのオチン×ン、来ましたぁぁぁ！」

ポニーテールの少女は、歓喜の声をあげて一物を受け入れた。

愛液が溢れていることももちろんだが、ペニスや少女の股間に付着しているローションのおかげもあって、挿入はいつになくスムーズだ。腰に力を入れると、奥まですんなりと入りこんでいく。

「ふああ〜……オチン×ン、奥まで届いてぇ……やっぱり、すごいですぅ」

と、春菜がウットリした声をもらす。

それがとてつもなく淫靡《いんび》で、修介は我慢できなくなって腰を動かしはじめた。

たちまち、グチュグチュと淫らな音が浴室に響きはじめる。

「はひぃぃっ！　いいっ、あんっ、あんっ、兄さん、いいですぅぅ！」

春菜はポニーテールの髪を振り乱し、甲高《かんだか》い喘ぎ声をあげた。

そんな姿を、夏菜と沙由里が羨ましそうな、それでいてどこか恨めしそうな顔で見つめている。

何度か動いてから、修介は後ろ髪を引かれる思いを抱きながらもペニスを抜いた。

「んあっ、出ていっちゃいましたぁ」

春菜が不服そうな声をあげたが、ひとまず無視して隣の少女のほうへと移動する。

「ああっ、お兄ちゃん、早くっ！　早く、あたしにもチン×ン入れてぇ！」

と、夏菜が焦っているかのように淫らなおねだりをしてくる。

その言葉に誘われるように、修介はツインテールの義妹に一物を挿入した。

いつもは、愛液で濡れていても抵抗感がある夏菜のヴァギナだが、今回はローションのおかげかスムーズに入っていく。もっとも、それでもやや狭いために、ペニスが締めつけられる感じはあるのだが。

修介は奥まで挿《い》れると、すぐにピストン運動をはじめた。

「ひうっ！　あんっ、あんっ、ひゃううっ！　動くぅ！　いつもより、ああっ、ズンズン来てるよぉぉぉぉ！」

嬌声をあげ、夏菜が激しくツインテールの髪を振り乱す。やはり、ローションのおかげで普段よりスムーズに動けているようだ。

ズチャズチャという淫音と少女の喘ぎ声のハーモニーが、なんとも耳に心地よい。

修介はさらに何度か突いて、淫らな二重奏を堪能した。

それから、いささか名残《なごり》惜しさを感じつつもペニスを引き抜く。

「んああ……出ていっちゃったよぉ」

と、夏菜も不満そうな声をあげる。だが、修介はひとまず無視して沙由里の後ろへと移動した。

「ああ～……修くぅん、早く、早く挿れてぇ。わたし、もう我慢できないよぉ」

幼なじみの少女が、そう言って切なげに修介のことを見つめてくる。

実際、「我慢できない」という言葉の通り、沙由里の陰唇からは先ほどの潮や愛液の名残ではない新たな液が、トクトクと溢れだしていた。

「沙由里、すっかりエッチになっちゃったな?」

亀頭を割れ目にあてがい、修介は少し意地悪く聞いてみた。

「ふああ～ん、修くんだからだもぉん。わたしがこんなふうになるの、修くんの前だけなんだからぁ」

そんな沙由里の殊勝な言葉に昂《たかぶ》りを感じながら、少年は双子の蜜でぬら光るペニスを押しこんだ。

「んあああっ、入って……入ってきたの！　ああ～んっ！　修くんのオチン×ン、太くて硬いの！　ひゃうっ、やっとなかに来たよぉぉぉぉ！」

挿入と同時に、少女が悦びの声をあげておとがいを反らした。

沙由里は、双子と比べてセックスの経験が少ないが、もうすっかり慣れたらしい。

それに挿入自体も、やはり大量の愛液とローションの効果でスムーズそのものだ。

奥まで挿れると、修介はすぐにピストン運動をはじめた。

「あっ、あっ！　いいっ！　これ、ああっ、オマ×コ、ひうっ、これがいいのぉ！

「ふあっ、オチン×ン、あんっ、最高！　あはあぁぁぁんっ！」

沙由里は淫らな言葉を吐きながら、明らかに快感を貪っていた。性器の俗称を口にすることにも、もうまったく抵抗を感じていないらしい。

（このまま、していたい気もするけど……）

何度か腰を動かしていると、修介は双子の射るような視線が突き刺さっていることに気づいた。

（そうだよなぁ。春菜と夏菜もいるんだから）

と思い直した修介は、心を鬼にしてペニスを幼なじみのヴァギナから抜き取った。

「はふっ。抜けちゃったぁぁ」

と、沙由里も残念そうな声をもらす。

だが、修介は構わずに春菜のほうへと移動した。

「ああん、やっとまたわたしの番なんですねぇ。兄さぁん、早くオチン×ンを挿れてくださぁい」

春菜が、待ちかねたと言わんばかりに媚びた声で誘ってくる。

少女の求めに応じて、修介は再び分身を膣内へと押し入れた。そして、すぐに荒々しく腰を動かす。

「あんっ、あんっ、オチン×ン！　ひゃふっ、子宮に、あうっ、当たってますぅ！」

春菜が、ポニーテールを激しく振り乱して喘いだ。また、動くたびにズチュズチュと淫音がして、結合部から愛液が噴きだしてくる。それだけ、少女がペニスを待ちわび、セックスで感じていると言うことだろう。

喘ぎ声と淫音のハーモニーが、修介のなかになんとも言えない興奮を生みだす。

何度か腰を動かしてから、修介は春菜から一物を抜いて素早く夏菜の後ろに移動した。そして、少女が口を開くより早く、肉棒をヴァギナに突き入れる。

「ひゃうぅぅ！　いきなりっ！　ああーっ！　チン×ン、入ってきたぁぁ！」

やや驚いた様子ながらも、夏菜は悦びの声をあげてペニスを迎え入れてくれた。

奥まで挿れ終えるなり、修介は大きなピストン運動をはじめた。

「あっ、あっ、あっ！　それっ、チン×ンがぁ！　ひゃんっ、当たってる、ああっ、当たってるの、奥にぃ！　ひいっ、すごいっ！　ああっ、すごいよぉぉ！」

夏菜もツインテールの髪を振り乱し、甲高《かんだか》い喘ぎ声をもらす。

よほど感じているのか、少女の膣肉は収縮して一物を離すまいとするかのように、きつく締めつけてきた。その快感に、修介もつい心を奪われそうになってしまう。

だが、今は彼女にばかり構っていられない。

何度か突いて夏菜を喘がせると、修介はすぐに一物を抜いた。そして、隣の沙由里のほうに移動し、またペニスを一気に押しこむ。

「ひうぅぅぅ！　また来たのぉ！　これっ、これがいいっ！　あっ、あんっ、あんっ、い、いきなり動いて……はひぃぃぃぃ！　すごっ、オチン×ン、すごいぃぃぃぃぃ！」

少年が、前置きもなくピストン運動をはじめると、沙由里も甲高《かんだか》い喘ぎ声を出して短めの髪を振り乱す。

（こ、これは大変すぎるかも……）

三通りの膣の感触を堪能しつつも、修介は心のなかで悲鳴をあげていた。

二人を交互に突くのもなかなか大変だったが、三人をローテーションで突くのはさらに何倍も疲れる気がする。

愛液はもちろん、ローションのおかげもあって、抜き差しも抽送も非常にスムーズなのは救いと言えた。しかし、なるべく均等にしようと気を使うために、精神的な負担が予想以上に大きすぎる。

「あんっ、兄さぁぁん！　ひうっ、オマ×コ、ああっ、気持ちいいですぅぅぅぅ！」

「ひゃううっ！　お兄ちゃん専用オマ×コぉ！　はひぃっ、もっと突いてぇぇぇ！」

「ああっ、わたしのオッパイ、あんっ、オマ×コも、あん、修くんのものなのぉ！」

三人の甘い喘ぎ声を順番に聞きながら、修介の意識は興奮と困惑で次第に混濁していった。

「ああああっ！　兄さんっ、ひぃっ、わたし、ああっ、もうダメですぅぅぅ！」

さらに何度かローテーションで突いていると、春菜が切羽つまった声を張りあげた。

「ひゃううんっ！　あたしも、ああんっ、あたしもイッちゃうよぉぉぉぉ！」

夏菜も、少年の動きに合わせて限界を訴えてくる。

「ああーっ！　わたしも、はうっ、いいっ、けどぉ！　もう、もうぅぅぅ！」

修介がピストン運動をはじめるなり、沙由里も甲高い声をあげる。

どうやら、三人とももう限界らしい。

「お、俺もそろそろ……」

修介も、すでに腰のあたりに熱いものがこみあげてくるのを感じていた。もう、これを抑えることはできないだろう。

修介は、移動して春菜に一物を突き入れると、腰を小刻みに動かした。

「あっ、あっ、わたしぃぃぃ！　イキますううぅぅぅぅぅぅぅぅぅぅぅぅぅぅう!!」

春菜が絶頂の声を浴場に響かせ、大きくのけ反った。同時に潮が噴きだし、ヴァギナ全体が激しく収縮して少年の射精をうながす。

その感触に限界を感じた修介は、少女のなかにスペルマを放出した。

「はあああっ！　入ってきて……もっとイッちゃいますううぅぅぅぅぅぅぅぅぅ!!」

と、春菜がさらなる絶頂を迎える。

だが、修介は精を出しきる前になんとかアヌスを締めて、射精を強引にとめた。

そして、すぐに一物を抜いて夏菜に突き入れる。

「ひううっ！　激しっ……あ、あたしもっ、あああ、飛んじゃううぅぅぅぅぅぅ!!」

少し腰を動かしただけで、ツインテールの義妹が絶頂の声を張りあげた。

すると、膣肉がまるで精を搾りだそうとするかのように一物を締めつけてくる。

あまりの感触に、修介は「ううっ」と声をもらし、とめていた精を夏菜のなかに解き放った。

「ふああっ！　入って……熱いセーエキが、ああっ、まだイクよぉぉぉぉぉぉぉ!!」

と、ツインテールの少女も身体を震わせながら、さらなる高みへと達する。

だが、ここで精をすべて出し尽くすわけにもいかない。

修介は、精神力を振り絞ってどうにか射精を途中でとめると、今度は沙由里に一物を挿入した。

「はあああっ！　来たのっ！　オチン×ン来てっ！　わたしっ、あああっ、もう我慢できなくてぇ！　イッちゃううううぅぅぅぅぅぅぅぅぅぅぅ!!」

軽く奥を突いただけで、沙由里もエクスタシーの声を響かせた。

それと同時に、熱い膣肉が別の生き物のようにペニスに絡みついて、甘い律動を送りこんでくる。

「うああ……そ、そんなに……」

あまりにも甘美な刺激を与えられて、修介はかろうじて残していた精を、すべて幼なじみのヴァギナの奥に注ぎこんだ。

「あああああっ……熱いのが、なかに出てぇぇ……」

沙由里が身体を震わせながら、スペルマを受けとめる。

(ふああ……ま、まだ出る！)

自分でも予想外の量の射精がつづき、修介は心のなかで驚きの声をあげていた。

双子にあらかた出してしまって、沙由里には大した量を出せないのではないかと思っていたのだが、あまりの気持ちよさのせいか射精がとまらない。

そのため、修介の視界は立ちくらみでも起こしたかのように暗くなっていった。

(ううっ。ちょっとヤバイかも)

さすがにこれだけ射精をすると、淫魔に精気を吸い取られているような気がしてくる。スペルマの出しすぎで命を落としたら笑い話にもならないが、その可能性を感じるくらい射精に歯どめがかからない。

それでも、さすがに精の製造が追いつかなくなったらしく、ようやく白濁液の放出が終わりを告げた。

「ふはああっ……」

根こそぎ精を搾り取られた少年は、沙由里からペニスを抜くなり大きく息を吐いて、その場に座りこんでしまった。

「はぁ、はぁ、はぁ……兄さぁぁん……」

「ひうう、ふはあ……お兄ちゃぁん……」

「ふあああ……はぁ、はぁ、修くぅん」

少女たちもへたりこみ、グッタリとした様子を見せている。

その姿はなんとも扇情的なのだが、さすがに今は一物がピクリとも反応しない。

（こ、こんなこと、もう無理……）

三人の美少女を見ながら、修介は二度とこんな無茶なことはすまいと、心に固く誓うのだった。

エピローグ　これからだって泡天国！

「いらっしゃいませ〜！　『はなの湯』へようこそ！」

春菜と夏菜の元気な声が、銭湯のフロントから聞こえてくる。

夏休みも終盤になった今日も、銭湯「はなの湯」は若い男子を中心に、大いに繁盛していた。

相変わらず、春菜と夏菜に言い寄る輩《やから》は多かった。しかし、二人とも営業スマイルを浮かべながら、誘いをすべて断っていく。

「修くん。春菜ちゃんと夏菜ちゃん、今日もすごい人気ね」

少年の傍らに来た沙由里が、目を丸くして言う。

毎日見ている光景のはずだが、日を追うごとに増す双子の人気ぶりには、やはり驚きが先に来るらしい。

だが、修介は肩をすくめて少女を見た。

「沙由里だって、人気になってきてるみたいだぜ。『フロントに出ないけど、新しく可愛い娘が働いている』って、ネットで噂になってるし」

そういう書きこみがあったのは事実で、それがますます客足を伸ばす結果になっていた。

しかも、沙由里は女湯やリネンの専門なので、滅多に表のほうに顔を見せない。そのため、やや引っこみ思案な少女を見かけるのは、一部の男子にはレアアイテムか珍獣を見つけたのに匹敵する出来事、と受け取られているのだ。

「そっ、そんな……わたし……」

と、沙由里が顔を真っ赤にして、修介の服の裾をつかんだ。

「わ、わたしは……修くんだけ、なんだから……」

消え入りそうな声で言って、沙由里が上目遣いに見つめてくる。そんな少女の言葉や態度が、なんとも愛おしく思えてならない。

「沙由里……」

「こらー！　お兄ちゃんもサユ姉もサボってないで、ちゃんと仕事しなよ！」

二人の様子に目ざとく気づいた夏菜が、目を吊りあげて怒鳴り声をあげる。

「兄さ～ん、沙由里お姉ちゃ～ん。今は、お仕事の時間なんですよ～」

春菜も、笑顔を見せながらやんわりと注意してきた。しかし、その口調とは裏腹に、彼女の背後にはすさまじい怒りのオーラが立ちのぼっている。

「あ……あははは……わかってるって。さぁて、仕事だ、仕事」

双子からの刺すような視線を逃れようと、修介は幼なじみの少女の手をふりほどいてボイラー室へと向かった。

（こ、これは今晩もヤバイかも……）

イヤな予感が脳裏をよぎり、少年は背筋に冷たい汗が流れるのを禁じ得なかった。


「んしょ、んしょ……修くぅん、わたしのオッパイ気持ちいい？」

男湯で立ちん坊になった少年の前にひざまずき、ローションまみれのペニスにパイズリをしながら、沙由里が聞いてくる。

だが、修介はその問いに答えられなかった。

なにしろ沙由里だけでなく、全身ローションまみれになった双子が左右からしがみつき、身体をこすりつけてきているのだ。そのため、興奮しすぎて言葉が出てこない。

もう4Pなどしない、というあの日の誓いもどこへやら、このところ毎晩のように双子と沙由里による淫らな行為が繰りひろげられていた。なにしろ、異なる魅力を持つ三人の美少女から強く迫られると逃げ場がなく、なし崩し的にまとめて相手をせざるを得なくなってしまうのだ。

ましして、明日には両親が帰ってくるとのことで、当分はこんなプレイもできそうにない。そう思うと、快楽の記憶が強いために拒みきれないのである。

今日はジャンケンで、沙由里がペニスを、双子が少年の体の愛撫を担当することになっていた。

「修くんのオチン×ン、もっと気持ちよくしてあげるね。んしょ、んしょ……」

沙由里はますます動きを増して、ペニスをヌルヌルにしていく。

「もうっ。サユ姉には、絶対負けないいんだから！」

「昼間といい、沙由里お姉ちゃんズルイです！」

口々に言って、双子も身体の動きを大きくする。

「ううっ、もうダメ……」

あまりの心地よさに、修介は限界の声をあげていた。

「あんっ。兄さん、精液くださぁい！」

「あたしも！　サユ姉にばっかり、いい思いさせないもん！」

と言って、春菜と夏菜が巨乳少女をペニスから引きはがした。巨乳で挟みこんでいたとはいえ、ローションでツルツルになっているぶん滑りやすく、沙由里は双子に抗《あらが》えない。

春菜と夏菜は、左右から肉棒に手を添えてしごきだした。

「あぁ～ん。二人とも、ズルイわよぉ」

そう文句を言って、沙由里も手を伸ばして亀頭を撫でまわす。

三人の手でペニスを刺激されて、修介の我慢はたちまち臨界点を突破してしまった。

「ふあっ、出たぁ！」

「精液、いっぱいですぅ！」

「ああっ、修くんの熱いぃぃぃ！」

ローションが混じった大量のスペルマを頭から胸まで浴びながら、三人が陶酔した声をもらす。

美少女たちの顔が白濁液で汚れるさまは、何度見ても興奮を煽られる。

「ああ～……修くんのオチン×ン、早く欲しいのぉ」

「サユ姉はダメ！　今日は、あたしが一番最初なの！」

「もうっ。夏菜ったら、勝手に順番を決めないでよ！」

口々に言いながら、三人が物欲しげな目を向けてくる。

「お兄ちゃん、今日はあたしが最初だよね？」

「兄さぁん、最初はわたしとしてくださぁい」

「修くぅん。わたし、もう我慢できないのぉ」

夏菜と春菜と沙由里が、ズイッと身を乗りだして修介の返事を待つ。

彼女たちのそれぞれがライバル心を燃やして、自分が少年の一番になろうとしている気持ちは伝わってくる。

だが、修介自身は誰か一人を選ぶことなど、まだできそうになかった。

グウタラな性格はかなり治ったし、銭湯の仕事も覚えることができた。そういう意味で、自分の成長に手応えは感じられる。

しかし、双子の義妹と幼なじみのことになると、いまだに誰を選ぶこともできず、どうにも煮えきらなくなってしまう。もっとも、それぞれに異なる魅力を持っているから、迷うのも仕方がないのかもしれないが。

(それにしても、もしかして父さんと母さんが帰ってきてからも、こんなことがずっとつづくのか?)

彼女たちの様子を見ても、明日からいきなり両親の旅行前の関係に戻るとは、とても思えない。今後の四人の関係は、いったいどうなってしまうのだろう?

潤んだ目を向けてくる三人の裸の美少女を、修介は困惑しながら見つめるしかなかった。

えすかれ
美少女文庫
FRANCE SHOIN

いもうと♥泡天国《あわてんごく》

著者／河里一伸（かわざと・かずのぶ）
挿絵／みついまな
発行所／株式会社フランス書院
〒102-0072　東京都千代田区飯田橋 3- 3 -1
電話（営業）03-5226-5744
（編集）03-5226-5741
URL http://www.bishojobunko.jp

印刷／誠宏印刷
製本／宮田製本

ISBN978-4-8296-5888-8 C0193